가끔씩 툭하고
러시아어로 부끄러워하는
옆자리의 아랴 양
Иногда Аля внезапно кокетничает по-русски
10

【끼울 수 있는지 없는지……
확인해 볼래?】

"으음, 이건……
뭐, 반쯤
우스갯소리인데……."

"아, 안녕, 쿠제."

"안녕하십니까,
마사치카 님."

목차

가끔씩 툭하고 러시아어로 부끄러워하는 옆자리의 아랴 양 10

SUN SUN SUN 지음
모모코 일러스트
이승원 옮김

프롤로그 여동생 모드, 해방

"진짜로 어렸던 시절…… 전 알아주는 장난꾸러기 문제아였어요."

좀처럼 믿기지 않는 도입부로 시작된 유키의 고백을 들은 순간, 아리사는 가슴이 옥죄어드는 느낌이 들었다.

마사치카에게도 들었던, 남들 곱절로 호기심이 왕성하고 활발했던 어릴 적의 유키. 하지만 병에 걸려 자유롭게 움직일 수 없게 된 후, 힘든 투병 생활을 보내게 됐다. 그런 와중에도, 그녀는 가족을 위해 무엇을 할 수 있을지 계속 생각했다.

"……!"

유키가 얄팍한 동정을 바라지 않는다는 건 알고 있다. 그저 이야기를 들었을 뿐인데, 당시의 그녀가 받았을 고통과 고뇌를 아는 척하는 건 주제넘은 짓이다. 그것은 알고 있다. 하지만, 그래도……!

"……."

눈을 가늘게 뜨며, 절로 흘러나오려 하는 눈물을 필사적으로 참았다. 안 그러면 버틸 수 없을 만큼, 유키의 이야기는 아리사의 가슴을 먹먹하게 했다.

너무나도 갸륵하고, 헌신적이었다. 학교에서 숙녀의 귀감이라 여겨지는 지금의 유키는 그런 한결같은 노력과 끝없는 애정을 통해 만들어진 것이다.

"저는 눈치챘어요. 아아, 지금의 제가 오빠에게 마음의 짐을 지게 한다는 것을 말이에요."

눈물을 참고 있는 아리사의 앞에서, 유키는 애절한 목소리로 이야기했다. 아리사는 이어지는 이야기를 알고 있다. 마사치카에게…… 들었다.

"오빠가 행실 바른 저를 보며 마음의 짐을 진다면, 확 바보 같고 귀여운 여동생이 되자고 생각해서…… 만화나 애니메이션을 보면서 어떻게 하면 좋을지 열심히 공부했어요. 후훗. 제가 생각해도 참 바보 같은 생각이군요."

당시의 자신을 떠올리면서 우습다는 듯 옅은 미소를 머금은 유키가 아리사에게 물었다.

"알고 있나요? 오빠가…… 마사치카 씨가 오타쿠가 된 것도 실은 제가 포교한 탓이랍니다."

"그건…… 의외야."

유키가 약간 장난스러운 투로 그렇게 말하자, 아리사는 울면서 웃는 듯한 표정으로 대꾸했다. 그런 아리사의 반응을 딱히 신경 쓰지 않으며, 유키는 즐거운 듯 말을 이었다.

"어느 날 갑자기 분위기가 확 달라진 제가 만화를 권하자, 오빠는 꽤 당혹스러워했답니다…….”

괴로움이나 어두움이 전혀 느껴지지 않는 태도로, 유키는 오빠와의 추억을 이야기했다. 바보 같고 귀여운 여동생이 되어서, 오빠와의 거리를 쑥쑥 줄여 나가는 유키. 즐겁고 흔하면서도 어딘가 안타까운 느낌이 감도는 이야기를 들으며, 아리사는 눈을 감고 생각했다.

(이래선…… 탓할 수가 없잖아…….)

아리사는 두 사람이 남매란 사실을 자신에게 숨긴 것을 불만으로 여긴 게 부끄러웠다.

이 두 사람의 관계는 남들이 함부로 파헤쳐도 되는 것이 아니다. 그 일부를 이렇게 직접 이야기해 준다는 사실에, 감사해야만 하리라.

온갖 부정적인 감정을 불식시키며 온화하고 상냥한 마음을 품은 아리사가 눈을 떴을 때, 유키의 이야기도 끝나려 하고 있었다.

“그래서, 오빠도 점점 옛날처럼 웃어주게 되었죠……. 후훗. 정말…… 지금 생각해 보면, 다른 방법도 많이 있었을 텐데…….”

그렇게 말한 유키는 얼굴에서 미소를 지우더니 허공을 응시했다. 그리고 진지한 표정으로 기도에 가까운 소망을 입에 담았다.

“그래도 저는…… 사랑하는 오빠가 예전처럼 웃어주기를

바랐답니다.”

그것은 너무나도 순수한 사랑이었다. 신성함이 느껴지는, 아름다운 감정의 발로다. 그 빛을 두 눈으로 본 아리사의 눈동자에서, 결국 한줄기 눈물이 흘러내리려던…… 바로 그때였다.

유키가 갑자기 히죽 웃으면서 의자 팔걸이에 올린 손으로 턱을 괴더니, 발을 꼬았다. 그리고 아리사를 뻔뻔한 눈길로 힐끔 쳐다보더니, 의기양양한 표정으로 이렇게 말하며 이야기를 끝냈다.

“그리하여, 이 몸께서 탄생한 거야.”

………………?

“……?”

방금 무슨 일이 일어난 것일까?

눈을 깜빡이면서 천장을 슬쩍 쳐다본 후에 다시 앞을 바라봤다. 의기양양한 표정. 어어~?

“……?”

고개를 숙이며 눈구석을 손으로 누른 아리사는 어떻게든 상황을 파악하려 했다.

아? 눈물? 쏙 들어갔다. 말 그대로 쏙~ 하면서 순식간에 말이다.

(으음…… 대체, 어떻게 된 거야?)

친구가 눈앞에서 순식간에 돌변했다. 그 충격에 잘 돌아가지 않는 머리로 아리사는 생각했다.

(이 몸? 어, 이 몸? 잘못 들은…… 게, 아냐. 하지만, 어?)

생각하면 생각할수록 영문을 알 수가 없었다……. 하지만 바로 그때, 한참 전에 마사치카에게 들었던 말이 머릿속에 떠올랐다.

『그 녀석은 겉모습과는 다르게 숙녀와 거리가 멀어. 너를 놀려서 동요하게 만들고, 그 모습을 보며 즐기는 거야.』

게다가 아까 유키가 입에 담았던 「장난꾸러기 문제아였다」라는 발언. 즉, 유키의 진짜 모습이 이쪽이며…… 지금까지 아리사가 **진짜**라고 여겼던 모습은…….

"전부……."

"응?"

"전부…… 연기였던 거야?"

무의식적으로 그런 말을 입에 담았다. 뒤늦게 자기가 한 말의 의미를 눈치챈 아리사가 후회하기도 전에, 태연하게 다리를 바꿔 꼰 유키는 놀리는 듯한 기색의 웃음을 흘리며 말했다.

"그래……."

"……!"

"그리고, 그게 이 몸의 귀여움이지."

"……?"

??????????

제 1 화 이 몸의 압도적 귀여움에 전율하라

완전히 해가 지면서, 약간 어둑어둑해진 실내. 그곳에서 마주하고 있는 두 사람. 자신만만한 표정으로 당당히 다리를 꼬고 있는 유키와, 머릿속이 물음표로 가득 찬 채 얼어붙어 있는 아리사. 주위를 가득 채운 침묵.

(귀여, 움? 귀, 여움? 내가 모르는 일본어일까? 혹시 전문용어…… 혹은 젊은 세대가 쓰는 말이나, 인터넷 속어, 일까?)

유키가 한 말이 너무 이해가 안 된 나머지, 아리사는 자신이 바로 떠올린 『귀여움』이란 단어와는 다른 말이 아닐까 하고 의심하고 말았다. 하지만 아무리 생각해 봐도 답이 나오지 않았기에, 결국 솔직하게 의문을 털어놨다.

"무슨 소리야……?"

아리사가 솔직한 의문을 털어놓자, 유키는 한쪽 눈을 치켜뜨면서…… 상대방이 무슨 말을 하는 건지 이해했다는 듯이 고개를 끄덕인 후, 우려 섞인 표정을 지으며 시선을 살짝 내리깔았다.

"그래요. 알아들을 수 있도록 설명해 달라는 건가요……."

"으, 응."

"저의 귀여움을 말이죠……."

"으, 응?"

이상하다. 일본어인데 알아들을 수가 없다. 마리야의 푼수 모드가 폭발했을 때와는 다른 차원에서, 대화가 성립하지 않았다. 지금 눈앞에 있는 사람은 자신이 알고 있는, 그 총명하고 예의 바른 스오우 유키가 맞는 것일까?

(아니…… 얘, 진짜로 누구야? 다른 사람은 아니지?)

아리사는 한순간 『쌍둥이 자매설』을 떠올렸지만, 곧 「그렇다면 지금까지의 대화가 아예 말이 안 돼」라고 생각했다. 하지만, 그렇다면, 이건, 저기…… 뭐지?

"……?"

마치 기묘한 세계에 흘러들어온 듯한 느낌에 사로잡힌 아리사는 머릿속이 혼란에 빠졌다.

뇌의 작용이 한없이 느려진 아리사는 그저 눈만 깜빡거릴 수밖에 없었다. 그런 그녀가 보는 앞에서 천천히 자리에서 일어난 유키는 얼굴 절반을 가리듯 이마에 손을 댔다.

"좋아……. 백문이 불여일견."

그리고 활짝 펼친 오른손으로 섹시하게 왼쪽 눈을 가리면서 오른쪽 눈을 치켜뜨더니, 등 뒤에 두두두두두 같은 효과음이라도 표시될 듯한 기세로 힘차게 선언했다.

"그렇다면 보여주겠노라! 이 몸의 압도적 귀여움을!!"

"어, 아니, 그건 됐어요."

"아…… 그래?"

당황한 아리사가 존댓말로 거부하자, 유키는 갑자기 토라진 표정을 지으면서 의자에 털썩 앉았다. 그런 어린애 같은 태도를 보면서 「이 사람은 대체 누구지?」란 생각이 더욱 커졌지만, 그런 한편으로 묘한 죄책감에 사로잡힌 아리사는 허둥지둥 이렇게 말했다.

"아, 으음, 저기, 보여주기보단 설명을 해줬으면 하는데…… 내가 알고 싶은 건, 귀여움? 이 아니라, 그것보다 이 몸? 어, 방금 『이 몸』이라고 말했어?"

"말했답니다. 무슨 문제라도 있나요?"

의아해하며 대꾸하는 유키의 태도는 방금까지와 다르게 아리사가 잘 아는 숙녀다운 모습이었다. 하지만, 대화가 성립되지 않는다는 건 여전했다.

"문제, 라니……."

발언과 태도의 갭 탓에 더욱 혼란에 빠진 아리사가 말을 잇지 못하자, 유키는 아까까지의 괴상한 언동이 마치 착각이었던 것처럼 평소의 언동으로 말했다.

"어머…… 아랴 양은 모르나 보군요. 고대 일본에서 『저』란 일인칭은 하인…… 신분이 낮은 사람이 썼으며, 그들을 거느린 귀족 계층의 사람들은 『이 몸』이란 일인칭을 남녀 구분 없이 썼답니다."

"어, 아, 그래?"

"네. 세월이 흐르면서 여성은 점점 쓰지 않게 됐지만, 스오우 가문처럼 오래된 가문에서는 남녀 가리지 않고 그 일인칭을 쓰죠."

"몰랐어……."

"뭐, 사실이 아니니까요."

"어?"

"참고로 아까 제가 말한 『귀여움』이란 말은 하합(河合), 그러니까 강의 사이란 말에서 유래됐답니다. 먼 옛날에 두 갈래로 흐르는 강 사이에서 사는 사람들이 있었는데, 강 동쪽에 있는 인간에게는 굽실거리고 서쪽에 있는 사람에게는 고압적으로 대했다고 하죠. 그 고사에서 따와, 상대에 따라 태도를 바꾸는 사람을 가리키는 형용사랍니다."

"그, 그런 일본어가……."

"있을 리가 없잖아~."

"……?"

의문에 의문이 더해지자, 아리사는 완전히 혼란에 빠지고 말았다.

(어, 응? 으음, 그럼 『이 몸』은 평범하게 내가 알고 있는 거만한 남성이 쓰는 일인칭인 거야? 그리고 귀여움도 내가 알고 있는 『귀여움』이란 의미인 거지? 뭐가 귀여운 거냐면, 자기가 연기하고 있었다는 게 귀엽다는 의미이고,

잠깐, 연기하고 있었다는 게 귀여워……?)

머릿속에서 주어와 술어가 뒤죽박죽으로 뒤엉켰다. 아리사가 모르는 일본어의 세계가 이 자리에 펼쳐졌다.

(……?)

어찌어찌 생각을 정리하면서 이해하려 할수록, 의문이 더 늘어났다. 마치 그것은 복잡하게 뒤엉킨 실타래 같았다. 실 한 가닥을 잡아당기면 주위의 실이 꼬이고 뒤얽히면서, 풀려고 하면 할수록 수습이 안 되는 것이다.

(응…….)

결국 아리사는 일단 생각을 멈추면서 머릿속을 리셋했다. 그 후, 단편적으로 이야기를 정리했다.

"즉, 유키 양이 귀엽다는 거지?"

"예스, 댓츠 라잇."

태연히 의자에 앉은 유키가 손가락을 튕긴 후에 아리사를 가리키며 그렇게 말했다. 숙녀다운 태도에서 튀어나온 그 가벼운 언동에, 아리사는 또 머릿속이 잠시 정지됐다. 그런 아리사를 개의치 않으면서, 유키는 발음이 엉터리인 영어로 말을 이어갔다.

"아이 캔트 스탑 마이 큐트니스. 소 마이 브라더 윌 홀 미 타이 웨어링 바니 수트."

"뭐…… 뭐? 잘 알아듣진 못했지만, 마지막 부분에 마사치카가 바니 수트를 입었다고 하지 않았어?"

“어머나, 아랴 양은 영어를 잘 못하나 보죠?”

“아니, 그렇진 않은데…… 그러는 너야말로! 제대로 된 영어를 할 수 있지 않아?! 외교관 지망생이니 말이야! 그리고 갑자기 영어로 말한 이유는 뭐야?!”

“Hahaha, you funny little girl.”

드디어 자기가 완전히 놀림을 받고 있단 사실을 눈치챈 아리사는 볼이 부들부들 떨렸다. 바로 그때, 입구 쪽에서 노크 소리가 들려왔다.

“네.”

유키가 대답하자, 아야노가 마사치카를 데리고 안으로 들어왔다. 그와 동시에 자리에서 벌떡 일어난 유키는 마사치카의 팔에 매달리듯 꼭 끌어안았다.

“그리고 이 사람이 내 귀여운 오빠♡”

어리광을 부리는 목소리로 그렇게 말한 유키는 마사치카의 어깨에 볼을 비볐다.

그 순간, 아리사는 뇌가 파괴되는 듯한 느낌에 사로잡혔다.

지금 눈앞에서 펼쳐진 것은 남매가 장난치고 있는 광경이었다. 마리야가 아리사에게 안겨드는 것과, 본질적으로는 전혀 다르지 않다. 머릿속으로는 그렇게 여기고 있다. 하지만, 뇌가 그것을 이해하려 들지 않았다.

아리사의 좌뇌는「남매니까 신경 쓸 필요 없어」라고 말했다. 하지만 우뇌는「괜히 친한 적 말고 빨리 떨어져!」라고 외쳤다. 상반되는 두 목소리가 머릿속에서 싸움을 벌이자…… 뇌가 망가질 것만 같아……!

"으~, 으으~!!"

안 그래도 유키의 영문 모를 언동 탓에 뇌가 이상해진 상태였다. 그런 상황에서 이제까지 경험해 본 적 없는, 정서가 엉망이 될 듯한 감각에 휩싸인 아리사는 이를 악물면서 온몸을 부르르 떨었다.

괜히 자극을 줬다간 폭발할 듯한 분위기를 풍기는 아리사를 본 유키는 히죽 웃더니, 힘찬 목소리로 외쳤다.

"아야노! 하자!"

"아! 네!"

주인의 말에 따라 등을 꼿꼿이 편 아야노는 재빨리 유키의 옆에 나란히 섰다.

그리고 두 사람은 서로의 한쪽 발을 교차시키더니, 호흡이 척척 맞는 움직임으로 고풍스러운 포즈를 취했다.

"소꿉친구라 쓰고, 친동생이라 읽는다! 스오우 유키!"

"소꿉친구라 쓰고, 메이드라 읽습니다. 키미시마 아야노."

특촬물 히어로를 연상케 하는 그 대사를 들은 순간, 마사치카와 아리사는 딱딱하게 굳어버렸다. 두 사람만이 아니라 공기마저 딱딱하게 얼어붙은 가운데, 유키와 아야노는 동시에 포즈를 바꿨다. 마치 아리사로부터 마사치카를 지키려는 듯한 자세로 말이다. 그리고, 동시에 선언했다.

““소꿉친구(패배 히로인)란 정체를 숨기기 위한 위장. 오빠는/마사치카 님은, 우리들 진 서브 히로인이 지킨다!/지킵니다.””

해냈다. 더할 나위 없을 만큼 완벽하게 해냈다. 연습 성과가 유감없이 발휘되며 완벽하게 성공하자, 유키는 만족스러운 표정을 지으며 아야노와 하이 파이브를 했다.

“…….”

아리사는 약간 현기증이 났다. 어지러운 나머지, 반걸음 정도 휘청거렸다. 바로 그때, 유키는 화들짝 놀란 표정으로 등 뒤에 있는 오빠를 돌아보았다.

“아, 맞다. 지금 남매 싸움 중이었지. 쳇, 친한 척하지 말라고~.”

“좀 너무한 거 아냐?”

“빨리 나가. 여자끼리 이야기를 나누고 있는데 들어오지 말라고, 이 녀석아.”

“아니, 네가 노크에 답했잖아…….”

오빠의 지당한 반론을 무시한 유키는 마사치카의 다리를 걷어차며 방에서 쫓아냈다. 그리고 아야노 또한 방에서 쫓아내더니, 문을 닫은 후에 아리사와 마주했다.

그사이에 뇌가 충격에서 다소 벗어난 아리사는 이마를 손으로 짚으며 유키에게 물했다.

“너…… 진짜로, 유키 맞지?”

“이렇게~ 완벽 숙녀 그 자체인 미소녀가 나 말고 또 있겠냐고~.”

“어디가 완벽 숙녀인데……?”

진짜로 자기가 숙녀라 여긴다면, 정신이 나간 데도 정도가 있다. 숙녀를 모시는 집사가 충격을 받고 세상을 떠날지도 모른다. 아리사도 이제까지 의식한 적 없는 뇌 부위가 욱신거릴 정도이니 틀림없다.

“저기…… 대체, 어디까지가 본성이고…… 어디부터가, 연기인 거야?”

무심코 그렇게 묻자, 유키는 천천히 눈을 깜빡이더니…… 아리사가 잘 아는, 숙녀 느낌 물씬 나는 미소를 머금었다.

“물론 이쪽이 본성이며, 장난스러운 태도가 연기랍니다.”

“그, 그래?”

“네. 아까 말씀드린 것처럼, 그것들은 제가 만화와 애니메이션을 참고해서 만든 것이니까요.”

어깨를 으쓱하며 그렇게 말한 유키는 신비하고 덧없는 분위기를 머금더니, 상냥한 표정으로 아리사에게 고했다.

“저는 말이죠? 사람들의 웃는 얼굴을 참 좋아해요.”

유키가 갑자기 진지한 목소리로 자기 이야기를 다시 시작하자, 아리사는 허둥지둥 자세를 바르게 고쳤다. 아리사가 이야기에 귀를 기울이겠다는 태도를 보이자, 유키는 자기 가슴에 손을 대며 천천히 이야기를 시작했다.

“사람들의 웃는 얼굴을 보면 저도 자연스럽게 미소를 짓게 되면서, 마음이 행복해진답니다. ……그래서 저는 가까운 사람들이 항상 웃어줬으면 해요."

"그걸 위해서, 그런…… 저기, 장난스러운 태도를 연기하는 거야?"

"후훗. 뭐, 그렇다고 할 수 있죠.……."

유키는 작게 웃더니, 방금 오빠가 나간 문 쪽을 쳐다보면서 애정으로 가득 찬 눈웃음을 머금었다.

"어처구니없어하는 미소라도, 피곤에 지친 미소라도 괜찮답니다. 오라버니가 웃어만 준다면, 그것으로 충분해요."

"오라, 버니……?"

약간 마음에 걸리는 부분이 있지만, 유키의 진지한 표정을 보고 그 말을 삼킨 아리사는 다른 말을 입에 담았다.

"마사치카를…… 정말 소중히 여기는구나."

"네. 일전에 아랴 양에게도 말했을 텐데요?"

유키는 눈을 감더니, 맹세하는 투로 말을 이었다.

"저는, 오라버니를 사랑한답니다."

"그, 그렇구나……."

"어머니보다도, 어버지보다도 저는 오라버니를 사랑해요."

"확실히 그렇게 말하긴 했어……."

"그 말은 진심이랍니다. 저는 사랑하는 오라버니가 미소지어주기를 바란 나머지…… 오라버니에게 응석을 부리는 귀여운 여동생이……."

"오라버니~!"

더는 참다못한 아리사는 아까부터 쭉~ 신경 쓰였던 단어를 쥐어짜 내는 목소리로 입에 담았다. 그리고 머리가 또 욱신거리기 시작한 탓에 눈썹을 찌푸리더니, 이마를 짚으며 물었다.

"저기, 말을 끊어서 미안한데…… 유키 양? 너, 오빠를 『오라버니』라고 부르는 거야?"

그러자 유키는 눈을 껌뻑거리더니, 의아한 듯이 고개를 갸웃거렸다.

"아뇨? 딱히 그렇게 부르진 않아요."

"그러면 왜 지금은 그렇게 부르는 건데?!"

아리사가 언성을 높이자, 유키는 검지를 입술에 대면서 「으음~」 하고 잠시 생각에 잠기는 시늉을 했다. 그리고 아리사를 향해 요염하게 눈을 흘기며 말했다.

"당신의 이런 반응이 보고 싶어서랄까요?"

"취, 취향 참 대단하네……."

"그런가요? 과하게 칭찬을 받으니 멋쩍군요."

자신의 빈정거림에 유키가 태연한 어조로 그렇게 답하자, 아리사의 볼이 부르르 떨렸다. 한편으로 상대방을 깔보는 듯한 유키의 태도를 보고, 자연스럽게 「그래, 마사치카의 동생이 틀림없네」라고 생각하며 마음 한편으로 납득했다.

(그 오빠에 그 동생이야……. 아니, 방금 들은 이야기로 보면 유키 양으로부터 마사치카가 전염된 걸까?)

원래 성실하고 근면했다는 마사치카가 지금처럼 실실거리는 오타쿠가 된 것은, 어쩌면 전부 이 여동생 탓이 아닐까…… 그런 생각이 머릿속을 스친 아리사는 유키를 배려하려는 마음이 싹 사라지고 말았다. 평소 마사치카에게 그러하듯, 미소 안에 조용한 분노를 담으며 물었다.

“저기, 유키 양…… 진지하게 이야기를 나눌 마음이 있긴 해?”

“물론 없거든? 왜냐하면 이제 시리어스 파트가 끝났는걸.”

태연한 기색으로 그렇게 대답한 후에 「유키 님이 진지하게 이야기하는 건 하루 20분뿐이에요~. 즉, 애니 1화 분량~」이라고 말하는 유키 앞에서, 아리사는 한숨을 내쉬며 거친 말투로 말했다.

“잘~ 알겠어. 이쪽이 본성이고, 예의 바른 쪽이 연기인 거구나? 생각해 보니, 아까 그렇게 말했었잖아.”

“뭐, 그건 농담이었지만 말이죠.”

“대체 어느 쪽인 거야…….”

허와 실이 뒤죽박죽으로 섞인 탓에 아리사가 결국 자기 머리를 감싸 쥐자, 유키는 표정을 바꾸면서 조용한 어조로 말했다.

“예의 바른 모습도, 장난스러운 모습도…… 저한테 있어서는 둘 다 연기이자, 둘 다 본성이에요."

"연기이자, 본성……?"

또 말로 사람을 혼란스럽게 만들려는 걸까, 라고 생각한 아리사는 불신감을 품으며 그렇게 되물었다. 하지만 그런 아리사와 시선을 마주한 유키는 장난기가 쏙 빠진 태도로 대답했다.

"아랴 양도 학교 학생들과 이야기를 나눌 때, 가게 점원과 이야기를 나눌 때, 친구와 이야기를 나눌 때, 가족과 이야기를 나눌 때. 이야기를 나누는 상대에 따라서 조금씩 태도와 말투가 달라지죠? 그것과 마찬가지랍니다."

"……."

확실히, 아리사도 그 감각은 이해한다. 그녀도 선생님이나 점원과 이야기를 나눌 때는 존댓말을 쓰고, 친구나 가족은 편한 태도로 대한다. 좀 더 세분화하자면 같은 친구라도 친밀도에 따라 미묘하게 태도가 다르며, 가족 또한 부모님과 언니를 대하는 태도가 다르다. 그런 태도 중에서 어느 것이 연기이고 어느 쪽이 본성인지 묻는다면, 아리사도 「딱히 연기를 하는 건 아니지만, 전부 본성이라고는 말 못 해」라고 모호하게 답할 수밖에 없을 것이다. 그 점은 이해가 된다. 하지만…….

"그렇다면…… 지금은 그런 느낌으로 이야기할 필요가 없지 않아?"

"네?"

"아니…… 그 말투는 마사치카가 귀엽다고 느껴줬으면 해서 쓰는 거라며? 그렇다면 지금은 평범하게 이야기하면 되지 않아?"

"아랴 양은 세상 물정을 참 모르는군요. 당신은 청바지를 입고 외출할 때, 그 안에 곰 무늬 팬티를 입나요?"

"뭐? 무, 무슨 소리야?"

"귀여운 옷차림을 하느냐 마느냐는 보는 눈이 있느냐 없느냐와 상관없다는 이야기예요. 설령 아무한테도 보여주지 않을지라도 귀여운 속옷을 입는 건, 자기 만족감을 높이기 위해서 아니겠어요?"

"뭐…… 그렇긴 해."

"그것과 마찬가지랍니다. 오빠가 이 자리에 있느냐 없느냐를 떠나서 제가 귀여운 여동생 캐릭터 행세를 하는 건, 그렇게 해서 제 만족감을 높이기 위해서죠."

태연한 표정으로 그렇게 말한 유키는 그 자리에서 몸을 빙그르르 회전하더니, 무대에 선 배우처럼 가슴에 오른손을 대며 노래했다.

"아아! 오늘도 나는 이렇게 귀여워!"

우쭐대는 포즈를 취한 유키의 등을 응시하며…… 아리사는 관자놀이에 검지를 댄 채 가슴속으로 고함을 질렀다.

(아니, 이 정도면 이중인격이잖아!!)

때와 장소와 상황에 맞춰 태도를 바꾼다, 란 말로 넘어갈 수준이 아니다. 모든 인간이 이렇게 겉과 속이 극심하게 다르다면, 아리사는 인간 불신에 걸리고 말 것이다.

(이중인격…… 그래. 그냥 다른 사람이라고 생각하는 편이 낫지 않을까?)

자기가 아는 스오우 유키가 아니라, 마사치카의 여동생…… 그렇다. 쿠제 유키라는 전혀 다른 인간이라 생각하는 편이 덜 혼란스러울지도 모른다. 그렇게 여기자, 문뜩 이런 생각이 들었다.

(혹시 나를 놀린 것도, 부끄러움을 감추기 위해서였을까……?)

진지한 태도를 보이나 했더니, 곧 장난을 치며 얼버무리는 사람이 바로 그녀의 오빠다. 어쩌면 지금 유키가 보여주는 태도 또한 그것과 마찬가지 아닐까.

아리사에게 동정을 받고 싶지 않아서, 자신의 괴롭고 힘들었던 과거를 심각하게 받아들이지 말아줬으면 해서, 일부러 이런 태도를 보이는 것이라면…….

"하아……."

아리사는 한숨을 푹 내쉬더니, 약간 지친 듯한…… 그러면서 부정적인 감정이 깃들지 않은 미소를 머금으면서 유키의 등을 응시했다.

"너희 둘은 닮은꼴 남매구나."

아리사가 그런 결론을 도출하자, 유키는 그녀를 돌아보면서 눈을 깜빡거렸다. 그리고 곧 작게 웃음을 흘리더니, 고개를 끄덕이며 대답했다.

"그래요……. 저희 남매는 둘 다 참 귀엽답니다~."

"응?"

왜 또 『귀여움』이 언급되는 것일까. 아리사가 고개를 갸웃거리고 있을 때, 유키는 쪼르르 문 쪽으로 뛰어가서 그대로 힘차게 열어젖혔다.

"벌컥, 오빠도 그렇게 생각하지~?!"

"그래."

"그럴 줄 알았어! 콰앙!"

그리고 어째선지 그런 효과음을 입에 담으면서 힘차게 문을 닫은 유키는 다시 원래 위치로 쪼르르 뛰어오더니, 인상을 쓰면서 고개를 끄덕였다.

"즉, 그런 거야."

"뭐가?"

왜 갑자기 오빠의 동의를 구한 것일까. 애초에 문밖의 마사치카에게는 실내에서 나누는 대화가 들리지 않았을 것이다. 그 이전에 유키는 어떻게 문 앞에 마사치카가 있다는 것을 알았을까. 마사치카 또한, 왜 방금 같은 영문 모를 질문에 바로 동의한 것일까.

또 머릿속이 물음표로 가득 찼지만, 무엇보다 가장 신경 쓰인 것은…….

"어, 밖에서 다 들리는 거야?"

남이 듣는다고 문제 될 만한 이야기는 하지 않았지만, 대화가 밖에서 다 들린다고 생각하니 좀 불안했다. 아리사는 불안 섞인 눈길로 문 쪽을 쳐다봤지만, 유키는 고개를 좌우로 저었다.

"아뇨. 이 집은 방음 설비가 잘 되어 있으니까, 너무 큰 목소리로 이야기를 나누지만 않는다면 남들이 저희의 대화를 듣는 일을 없을 거랍니다."

"어, 그렇다면 마사치카는 어째서 방금 그 질문에 바로 동의한 거야?"

"그야 남매끼리 마음이 통했달까? 이심전심이란 거예요."

그렇게 말한 유키가 우쭐대는 듯한 표정을 짓자, 그녀가 마사치카의 동생이라는 것을 알면서도 아리사는 살짝 울컥했다. 그리고 그 감정에 따라, 미심쩍은 눈초리를 유키에게 보냈다.

"정말이야……? 네가 동의를 구하니까, 일단 고개를 끄덕이고 본 것 아닐까?"

"믿기지 않는다면, 시험해 보지 않겠어요? 오빠가 질문 내용을 파악하고 있는지 없는지 말이에요."

"어떻게 시험해 볼 건데……?"

아리사가 고개를 갸웃거리자, 유키는 검지를 세우면서

의기양양한 표정으로 말을 이었다.

“간단해요. 한 번 더 『오빠도 그렇게 생각하지?』라고 물어봐서, 뭐라고 말하는지로 확인해 보는 거죠. 대충 대답하는 거라면 YES 아니면 NO라고 답하겠지만, 제대로 마음이 통하는 거라면 『뭐가?』 하고 대답하지 않겠어요?”

“그건…… 뭐, 그럴 거야. 진짜로 이심전심이라면…… 말이지.”

“그럼 잘 보라고요.”

아리사가 미심쩍은 표정을 짓자, 유키는 자신만만한 투로 그렇게 말하면서 다시 입구 쪽으로 뛰어가서 문을 열어젖혔다.

“벌컥, 오빠도 그렇게 생각하지~?!”

“그래.”

“킬 유~!!”

“왜?!”

“콰앙!”

그러고 쪼르르 돌아오더니, 말로 형용할 수 없는 표정을 짓고 있는 아리사를 의기양양한 표정으로 쳐다보며 고개를 끄덕였다.

“어때?”

“뭐가?”

“역시 우리 오빠는 클리셰라는 걸 잘 안다니깐.”

"그건 너무 좋은 쪽으로 해석한 것 아닐까?"

"아니거든? 방금은 나의 정성 가득한 반복 개그에, 코미디언 빰치는 완벽한 태클로 받아쳐줬을 뿐이거든?"

"그럼 한 번 더 해보면, 이번에야말로 이심전심이라는 게 증명되겠네?"

"콜록콜록. 아, 또 기침이 나네. 콜록콜록."

"올해 독감은 참 타이밍 좋게 기침이 나나 봐?"

입으로 기침하는 시늉을 하는 유키에게 질린 표정으로 그렇게 말한 아리사는 가볍게 한숨을 내쉬었다.

"아무튼, 괜히 동정받고 싶지 않다는 건 알았으니까…… 이제 그만 평범하게 이야기 좀 나눠주면 안 될까?"

더는 장난스러운 태도로 얼버무릴 필요가 없다고, 아리사는 딱 잘라 말했다. 딱 잘라 말했다고, 그녀는 생각했지만…….

"네? 무슨 소리죠?"

유키가 진짜로 영문을 모르겠다는 반응을 보이자, 아리사는 그대로 얼어붙었다. 상대방의 진의를 살피기 위해 유키의 얼굴을 뚫어지게 쳐다보면서, 다시 물었다.

"무거운 분위기를 환기하려고, 일부러 장난스러운 태도를 보이는 것 아니었어?"

"저는 그저 아랴 양을 놀리는 걸 즐기고 있었을 뿐인데요?"

유키가 당당한 어조로 자신의 사악한 속내를 털어놓자,

아리사는 딱딱하게 굳어버렸다. 그런 그녀를 응시하면서, 유키는 상냥한 어조로 말했다.

"저는 말이죠? 남의 웃는 얼굴을 참 좋아해요."

"그건 아까도 들었어……."

"하지만 말이지? 남의 놀란 얼굴은 훨씬 더 좋아해~♡"

"진짜 최악이네!"

천사 같은 미소를 순식간에 악마 같은 미소로 바꾸는 유키를 쳐다보면서, 아리사는 더는 못 참겠다는 듯 고함을 질렀다. 그러자 유키는 눈물 어린 눈동자로 아리사를 올려다봤다.

"저는 이렇게 못난 사람이지만, 그래도 저희는 친구 사이 맞죠?"

"……."

지켜주고 싶은 마음이 솟구치게 하는 그 모습을 보자, 아리사는 그게 연기라는 것을 알면서도 기가 꺾이고 말았다.

(이대로 상대방의 페이스에 휘말리면 안 돼……. 하지만, 친구는…… 맞지?)

이 뻔뻔한 태도는 좀 그렇지만, 그래도 절교할 정도는…… 하고 아리사가 생각하고 있을 때, 유키는 그녀에게 더욱 다가서며 말을 이어갔다.

"소꿉친구 행세를 하며 마구 부추겨대고, 아랴 양이 매운 음식을 질색하는 것을 알면서도 괜히 매운 향신료를 권

한 데다, 오라버니와 함께 체육 창고에 가두기도 했지만, 넓은 마음으로 용서해 줄 거죠? 그 커다란 F컵 가슴으로, 저를 받아줄 거죠?"

"뭐, 어, 어엇?!"

유키가 느닷없이 자신의 과거 악행을 밝히자, 아리사는 말문이 막힌 채 입만 뻐끔거렸다. 그런 그녀의 머릿속에서, 갑자기 어떤 기억 하나가 섬광처럼 떠올랐다.

"너— 너지?! 마사치카에게 내 가슴 사이즈를 가르쳐 준 사람 말이야!"

"네? 아…… 그러고 보니 그런 일도 있었죠."

"이, 이게 정말, 아니, 그보다 내 가슴 사이즈를 어떻게 안 건데……?!"

"그건 여름 방학에 같이 별장에 갔었을 때, 탈의실에서 아랴 양의 브래지어 사이즈를 확인해서랍니다. 정말~, 자매 둘 다 브래지어 사이즈가 어마어마해서 깜짝 놀랐다니까요."

"뭐……! 어……? 잠깐만? 그러고 보니 그때, 탈의실에 내 속옷이 없었……! 서, 설마, 탈의실에 있던 내 속옷을 방에 가져다 둔 사람이 바로, 너……?!"

"응!!"

"이, 이, 이게엣……!"

유키의 여죄가 연이어 판명됐다. 하지만 미안해하기는커

녕 뻔뻔한 태도로 일관하는 유키를 보자, 아리사는 손을 부들부들 떨면서 이를 악물고, 쥐어짜 낸 목소리로 말을 이었다.

"너, 너 때문에, 너 때문에……!"

"어머, 무슨 일 있었나요?"

유키가 어리둥절한 표정으로 그렇게 묻자, 아리사는 말을 삼켰다. 자신이 마사치카 앞에서 보인 추태를, 자기 입으로 폭로하는 것을 주저한 것이다. 하지만…….

"아, 참고로 목욕 직후의 아랴 양과 오라버니가 계단에서 딱 마주치도록 오라버니를 유도한 사람도 바. 로. 나. 야♪ 꺄핫☆"

"뭐—."

유키가 말아 쥔 오른손을 턱에 대고 왼손을 수평으로 들어서 피스 사인을 날리며 귀여운 척을 하자, 아리사는 유키가 일부러 그런 짓을 했다는 것을 이해했다. 그리고— 이어서 떠올린 것은, 여름 방학 후에 일어났던 속옷과 관련된 또 하나의 해프닝이었다.

그렇다. 언니인 마리야도 휘말린…… 떠올리기만 해도 수치심에 휩싸여 죽어버릴 것만 같은, 바로 그 사건 말이다.

"설마…… 나와 마샤가 여름 교복으로 갈아입을 때, 마사치카의 스마트폰을 울리게 해서 깨운 사람도 너야?!"

"어, 그건 모르는 일이야."

"뭐……."

두 사람은 정색하며 서로를 쳐다봤다. 몇 초 동안 말없이 서로의 표정을 살핀 후, 유키가 천천히 입을 열었다.

"옷 갈아입을 때, 마사치카를 깨워……? 어. 아랴 양, 설마 오빠 앞에서……."

"으으~!!"

완벽한 오폭이자 자폭이었다. 아리사의 내면에서 수치심이 폭발하더니…… 그 후의 일은, 아리사 본인도 왜 그런 건지 알 수가 없었다.

"으으으~!!"

정신을 차리고 보니, 고함인지 포효인지 알 수 없는 소리를 내면서, 문을 향해 달려가고 있었다. 그리고 문을 열어젖히더니, 깜짝 놀란 표정을 짓고 있는 마사치카의 품속으로 뛰어든 후, 그의 가슴을 마구 두드리면서 등 뒤에 있는 유키를 손가락으로 가리켰다. 눈물이 가득 맺힌 상태로 마사치카를 올려다보고, 등 뒤로 손을 돌려 유키를 가리키는 그 모습은「아니, 뭐 저런 애가 다 있어?!」라면서 항의하는 것 같았고…… 그와 동시에, 유치원 선생님에게 어린 애가 엉엉 울며 안겨드는 것처럼도 보였다.

"으응~! 응~!!"

"그, 그래. 재가 괴롭힌 거지? 그래그래~, 참 안 됐네."

"으으응~!!"

“으, 으음? 왜, 왜 말은 안 하는 건데…….”

“응~, 응~!!”

“아, 어린애 취급하지 말라는 거구나……. 저기, 미안해. 아니, 진짜로 미안해. 내 동생이 저 모양이라서 말이야. 재가 저 모양이 된 데는 나한테도 책임이 일부 있긴 해…….”

온몸으로 몸부림을 치면서 자신의 갈 길 잃은 감정을 폭발시키는 아리사를, 마사치카는 어색하게 위로했다. 그리고 방 안에 있는 여동생을 향해, 나무라는 듯한 시선을 보냈고…….

“Hmmm, pretty girl…… 이 정도로 울먹거려서야, 이 몸의 올케는 될 수 없거든……?”

여동생이 아메리칸스러운 태도를 취하며 대답하기 난감한 발언을 입에 담자, 마사치카는 시선을 쓱 돌리면서 못 들은 척하기로 결심했다.

제 2 화 아야노는 공기

"진정되셨습니까……?"

"응……. 고마워, 아야노 양."

"아뇨."

그 후, 온갖 감정이 폭발한 아리사는 가해자인 유키로부터 격리되기 위해 아야노의 방으로 안내됐고, 따뜻한 홍차를 한 잔 마시고서야 겨우 진정했다.

그렇게 뇌가 호소하는 정체불명의 피로감에 허덕이면서 유키에 대해 다시 생각해 본 결과, 어떤 결론에 도달했다.

(결국…… 유키 양의 진짜 본성은 장난꾸러기인 거네…….)

유키는 자신의 과거를 이야기하면서, 자기 자신을 그렇게 평가했다. 그 말의 의미는, 지금 체험을 통해 똑똑히 깨달았다.

(아까 한 이상한 소리에도, 깊은 의미는…… 있을지도 모르지만, 기본적으로는 당혹스러워하는 나를 보며 즐겼을 뿐이야……. 틀림없어.)

등받이에 몸을 깊이 맡긴 아리사는 문뜩 이런 생각을 했다.

(그것보다! 본성이 그쪽이라면, 평소 학교에서는 어떤

마음으로 상류층 아가씨 행세를 하고 있는 건데?!)

숙녀의 귀감이라 평가되는 유키를 떠올리자, 아리사의 머릿속에서는 또 혼란의 소용돌이가 휘몰아쳤다.

실제로 유키의 빈틈없고 아름다운 모습과 정숙한 태도에는 아리사도 존경심을 품고 있었다. 중류 가정 출신인 자신이 흉내 낼 수 없는, 타고난 상류층 아가씨만이 갖출 수 있는 품격이라고 여기며 감탄하는 것과 동시에…… 선망과 약간의 질투심마저 느꼈다. 그런데 뚜껑을 열고 보니 이 모양인 것이다.

(아니, 진짜…… 뭐 이런 양면성을 지닌 애가 다 있지…….)

아까까지는 「너, 실은 이런 애였어?!」라는 놀라움보다 「이, 이렇게 엉망진창인 사람도 있구나……」라는 경악에 압도당한 나머지, 그것을 받아들이느라 정신이 없었다. 게다가 「쿠제 유키란 인간은 그런 인간이니 어쩔 수 없다」라는 형태로 어찌어찌, 정말 어찌어찌 받아들였는데…… 잘 생각해 볼 것도 없이 쿠제 유키는 스오우 유키와 동일 인물인 것이다. 이것을 좀처럼 받아들일 수 없는 탓에 머리를 감싸 쥐며 끙끙거리는 아리사에게, 아야노는 소리 없이 차를 한 잔 더 따라주며 이렇게 말했다.

"혹시 몰라서 말씀드립니다만…… 유키 님의 저런 모습과 마사치카 님과의 관계는 부디 다른 사람에게 알리지 말아주셨으면 합니다."

"뭐? 아, 응. 그건…… 뭐, 이야기해 봤자 아무도 믿어주지 않을 거야."

"그럴지라도, 마사치카 님과의 일은…… 스오우 가문의 후계자 다툼으로 여겨질 수도 있습니다. 그러니 외부에 알려져서 좋을 일이 없으니까요."

"그건…… 그럴지도 몰라."

아리사 또한, 귀족이나 무가의 후계자 다툼이라는 것이 주위 사람을 휘말리게 해서 피로 피를 씻는 싸움으로 발전하는 경우가 역사상 존재한다는 것을 알고 있다. 현대에 그런 일이 벌어지리라고는 생각하기 어렵지만, 스오우 가문의 본가에서 내분이 일어날 조짐이 있다는 게 알려지면 그것을 이용해 허튼짓을 꾸미는 작자가…… 있을지도 모른다. 일반 가정 출신인 아리사는 잘 상상이 안 되는 세계지만 말이다.

(아…….)

문뜩 어떤 생각이 머릿속을 스친 아리사는 거북한 심정을 품으며 입을 뗐다.

"저기…… 아야노 양."

"네, 무슨 일이십니까?"

"실은, 저기…… 마사치카가 스오우 가문으로 돌아가게 된 것을 노노아 양에게 이야기했는데…… 그랬으면, 안 됐던 거지?"

머뭇머뭇 아야노의 표정을 살펴보니, 그녀는 평소와 다름없이 무표정한 얼굴로 고개를 갸웃거리고 있었다.

"그것은 미야마에 님 쪽에서 물어보신 겁니까?"

"으음…… 일단은……."

말을 이으려던 아리사는 고개를 가로저었다.

"아냐. 질문을 받긴 했는데…… 노노아 양은 나한테 고민이 있다는 것을 눈치채고 상담 상대가 되어줬을 뿐이야. 어디까지나 그 이야기를 한 건…… 내 의지였어."

"그렇습니까……."

아야노가 눈을 슬그머니 가늘게 떴다고 느낀 아리사는 몸을 움츠리며 빠른 어조로 말을 이었다.

"이제 와서지만, 내 생각이 짧았어. 아무리 공통된 친구의 일이라고는 해도, 남의 가정사를 함부로 이야기하다니…… 나중에 마사치카와 유키 양에게도 사과할게."

"그편이 좋을 것 같습니다."

고개를 끄덕이는 것 대신 눈을 한 번 감은 후, 아야노는 무표정한 얼굴로 담담히 말했다. 그런 평소와 다름없는 태도 또한 자신을 비난하고 있는 듯한 느낌이 들었기에, 아리사는 약간 거북함을 느꼈다.

"으음…… 그런데 이 홍차는 참 맛있네."

"감사합니다."

"혹시 맛있게 끓이는 요령이라도 있어?"

"남에게 자랑할 솜씨는 아닙니다만…… 홍차를 끓이는 솜씨만 본다면 마리야 님이 더 뛰어나죠."

"그, 그래? 그렇지는 않을 것 같은데……."

"아뇨, 아직 배울 게 많습니다."

"그렇구나……."

어째서일까. 방금 한 말의 이면에 「그렇게 홍차에 흥미가 있다면 언니분께 물어보면 될 텐데요?」라는 의도가 담겨 있는 것처럼 느껴지는 것은 기분 탓일까.

"그 메이드복, 정말 귀엽네. 잘 어울려."

"감사합니다. 아, 일전에 보여드렸을 때는 반팔이었죠."

"그, 그래. 전에 마사치카의 집에서 봤을 때는 반팔이었어."

"그랬습니까."

"응. 긴팔은 긴팔대로 귀엽네……."

"감사합니다."

"……."

방금 한 말의 이면에 「전에 비슷한 옷을 입은 모습을 본 적이 있는데, 기억 못 하나요?」라는 의도가 담겨 있는 것처럼 느껴지는 것은 정말 오해일까까까까까.

(여, 역시 아야노 양은 화난 걸까……?)

몰래 낯빛을 살폈지만, 표정에 변화가 없어서 판단을 내릴 수가 없었다. 게다가 대화가 쭉 이어지지 않아서 거북했다.

이제 진정됐으니, 마사치카와 유키의 곁으로 돌아가고 싶지만…… 그 두 사람은 지금 화해 중일 테니, 그것을 방해할 수는 없었다.

(하다못해 20분…… 아니, 30분은 단둘이 있게 해주는 편이 좋겠지?)

아리사도 그 정도는 안다. 하지만 그렇게 되면, 적어도 20분은 아야노와 단둘이 있어야 하는데…….

"으음……."

별 볼 일 없는 잡담 능력을 최대한 짜내서 건넨 화제가 2연속 허탕으로 끝난 탓에 아리사의 마음은 꺾이기 직전인 상황이지만, 그래도 계속 포기하지 않았다.

"아야노 양은…… 마사치카가 이 집에서 살 때부터 같이 지냈지?"

"네."

"저기…… 마사치카와 유키 양은 옛날에 어떤 느낌이었어?"

"……."

아리사가 그렇게 묻자, 아야노는 시선을 살짝 들어 올리면서 생각에 잠기는 듯한 반응을 보였다. 그 상태로 10초가량 침묵을 지킨 후, 천천히 입을 열었다.

"완벽한 왕자님과 말괄량이 공주님이란 느낌이었습니다."

"와, 왕자님?"

"네."

"그, 그랬구나……."

마사치카를 가리키는 말치고는 매우 충격적인 단어가 아야노의 입에서 나오자, 아리사는 말문이 막히고 말았다.

(왕자님? 왕자님?? 걔가?)

아까 유키 또한 어릴 적의 마사치카는 성실하고 근면했다고 말했지만…… 당시의 마사치카를 모르는 아리사로서는 그의 현재 이미지가 머릿속에 먼저 맴돌았다. 그 이미지와 『왕자님』이라는 단어가 매치되지 않았고…… 유키 또한 『그 모습』을 봐서 그런지, 공주님이라는 평가가 영…….

(아야노 양의 시점에서는 꽤 미화된 것 같으니까, 반쯤 흘려듣는 편이 좋을 거야…….)

최종적으로 아리사가 그렇게 결론을 내렸을 때, 이번에는 아야노가 입을 열었다.

"저기……."

"어?"

"일전에, 아리사 양의 생일 파티 이후의 일 관련해서……."

무슨 질문을 받을지 몰라서 약간 긴장한 아리사에게, 아야노는 말을 골라가며 조심조심 물었다.

"아리사 양은, 마사치카 님을 어떻게 설득하신 겁니까?"

"설득…… 유키 양의 병문안을 가도록 말이야?"

"네."

"으음, 그게……."

당시에 자신이 마사치카에게 건넸던 말과 취한 행동을 떠올린 아리사는…… 갑자기 부끄러워졌다.

(지, 지금 생각해 보니, 마치 드라마의 한 장면 같네…….)

자기혐오에 빠진 마사치카에게 울면서 뜨거운 말을 건네고, 그의 손을 잡아끌며 달려가지는 않았지만…… 그래도 맨정신으로 설명할 수 있는 내용이 아니었다.

(으음, 그 부분은 좀 얼버무리면서…….)

그렇다고 아무 말도 안 하는 것 또한 내키지 않았기에, 자기 볼이 빨개지는 것을 느낀 아리사는 고개를 살짝 숙이며 머리를 쥐어짜 냈다.

"으음…… 그래. 내가 같이 가줄 테니까, 이제까지의 후회를 끝내기 위해 유키 양을 찾아가자…… 그런 식으로 말했던 것 같아."

"그 말을 듣고…… 마사치카 님은 스오우 가문을 방문하기로 결의하신 겁니까?"

"뭐, 그랬던 것 같아."

"그랬습니까."

그때, 아리사는 부끄러움과 꺼림칙함을 숨기느라 고개를 숙이고 있었다.

그래서 눈치채지 못했다.

그 대답을 들은 아야노가 어떤 표정을 짓고 있는지를…….

◇

저는 못난 아이였습니다. 아무것도 못 하는 아이였습니다.

어렸을 때 유치원에 다니면서, 저는 그 사실에 직면했습니다.

"아야노. 자, 그런 데 있지 말고 이리 와."

"빨리 오라고! 재는 진짜 느려터졌다니깐!"

집단행동을 못 한다. 다른 아이들과 같은 속도로 같은 행동을 하지 못한다.

정말 못났습니다. 선생님이 모여 앉으라고 말했을 뿐인데 말입니다.

결코 딴생각을 한 건 아닙니다. 반대로, 계속 생각하고 있었습니다.

어디에 앉으면 될까. 모여 앉기 전에, 이 색연필을 정리해야 하지 않을까. 다른 애가 나무 블록을 안 치운 것을 보면, 색연필 또한 치우지 않아도 될지도 모른다. 하지만 저 나무 블록을 밟으면 넘어지지 않을까. 위험하니까, 나무 블록은 치우는 편이 나을지도 모른다. 그렇다면 이 색연필과 저 나무 블록 중 뭘 먼저 치워야 할까. 자기가 꺼낸 색연필과 다른 애가 내팽개쳐놓은 나무 블록. 우선 근처에 있는 색연필을 먼저 치워야 할까. 하지만 저 나무 블록이 더 위험할 텐데…….

(으음, 으음…….)

생각에 잠기면 잠길수록 자기가 우선 무엇을 해야 할지 알 수 없었기에, 이러지도 저러지도 못했다.

"정말~ 아야노! 왜 선생님의 말을 듣지 않는 거니?"

"아야노, 빨리 와~!"

(아냐! 잠깐만! 나, 생각하고 있단 말이야!)

그런 마음의 외침을, 입 밖으로 내뱉어도 괜찮을까. 그런 생각을 하다 보니, 또 머릿속이 빙글빙글 돌기 시작했습니다. 생각이 뒤엉키고, 헛바퀴를 도는 탓에, 몸이 움직이지 않았습니다. 더는 기다리지 못한 선생님이 반쯤 억지로 끌고 갈 때까지, 그 자리에서 한 걸음도 떼지 못했습니다.

"정말, 손이 많이 가……. 왜 이런 것도 못 하는 거야?"

"재는 진짜 굼벵이라니깐~."

성가셔하는 주위 사람의 눈길이 무서워서, 남들과 같은 일을 못 하는 게 괴로워서, 저는 유치원에 가는 것을 관두고 말았습니다.

"아야노가 내일도 유치원에 가기 싫다는데…… 어쩌지……?"

"어쩌기는…… 집에 홀로 둘 수도 없잖아? 애초에 그런 사교성을 배우기 위해 유치원에 다니는 거잖아. 이대로 관두게 뒀다간, 앞으로 큰일일 거야."

"하지만 본인이 가기 싫다는데 억지로 보내면, 거부감만 더 커지지 않을까?"

"그렇다고 우리 둘 중 한 명이 매일 일을 쉴 수도 없잖아. 아니면 어딘가에 맡길까? 참고로 우리 본가는 무리야. 당신 부모님도 스오우 가문의 저택에서 지내면서 일하고 계시니 무리 아냐?"

"그게…… 실은 우리 부모님이 일하고 있는 스오우 가문…… 그곳의 자제들이 아야노와 동갑인데, 아직 유치원에 다니지 않나 봐. 어쩌면, 아야노와 통하는 부분이 있을지 모른다고……."

부모님은 논의 끝에, 저를 조부모님이 일하는 스오우 가문의 저택에 맡기기로 했습니다.

조부모님의 곁으로 가게 됐다는 말을 듣고, 저는 울었습니다. 자기가 못난 애라서 부모님에게 버림을 받는 것이다. 그렇게 생각해서, 엉엉 울며 거부했습니다.

하지만 울다 지쳐서 잠든 사이 차에 태워진 저는 정신을 차리고 보니, 커다란 저택에 와 있었습니다.

"어서 오거라, 아야노. 이곳이 할아버지와 할머니가 일하는 곳이란다."

"어서 오렴, 아야노. 이제부터 인사를 하러 갈 거니까, 예의 바르게 행동하렴."

저를 맞이해준 조부모님은 평소의 조부모님과 달랐고…… 말쑥한 옷차림으로 당당히 행동하는 조부모님은 어린아이의 눈에 참 멋져 보였습니다. 그렇게 멋진 조부모님에게 눈을 못 떼는 와중에, 어느 방으로 안내됐고…… 그곳에서 저는 만났습니다.

"만나서 반가워. 나는 스오우 마사치카야. 잘 부탁해."

"나는 스오우 유키! 잘 부탁해! 아야노!"

마치 이야기 속의 주역이 되기 위해 태어난 듯한, 눈부신 존재를 말입니다.

치카는 뭐든 잘했고, 말 한마디 한마디에서 상냥함이 넘쳐흘러서, 마치 이야기 속의 왕자님 같았습니다. 유키는 귀엽고 자유로우며 항상 반짝거리는, 마치 말괄량이 공주님 같았습니다.

정(靜)과 동(動). 대조적인 왕자님과 공주님은 그래도 서로를 소중히 여긴다는 것을 한눈에 알 수 있어서, 저는…… 이 세상에 이렇게 아름답고 고귀한 존재가 있는 거냐고 생각했습니다. 그와 동시에…….

(나, 여기 있으면 안 돼…….)

그렇게 직감했습니다. 저는 못난 아이니까요. 아무것도 못 하는 아이니까요.

하지만 두 사람은 못난 저를 봐도 남들 같은 눈빛을 머금지 않았습니다. 그뿐만 아니라, 이런 저를…….

"앞으로도, 내 파트너가 되어주지 않겠어?"

"아야노는 내 최고의 절친이야~!"

소중한 존재로서, 여겨줬습니다. 저 같은 못난 아이를, 두 사람에게 있어서의 두 번째로 소중한 이로 삼아줬습니다.

"큭!"

그 어떤 말로, 이 감동을 전할 수 있을까요.

태어나서 처음으로, 저 자신이 자랑스럽고…… 기쁘며, 괴로운 데다, 웃고 싶을 뿐만 아니라, 울고 싶어서, 끌어안고 싶어지는…… 무릎 꿇고 싶어지는 이 감동을 말입니다.

(이곳이 내가 있을 곳이야…….)

자연스레, 진심으로 그렇게 생각하게 됐습니다.

어린 저의 내면에, 어떤 꿈이 생겨났습니다. 이 두 사람을 누구보다 가까이에서 지켜보고 싶다는 애틋한 꿈입니다. 그 꿈을 이루기 위한 길 또한 곁에 있었습니다.

"할머니…… 나, 치카와 유키를 모시고? 싶어."

그렇게 시작된 메이드 수행은 저한테 있어서도, 뜻밖의 좋은 영향을 줬습니다.

공기가 되어서 주위로부터의 간섭을 줄이는 것으로, 자기 페이스로 천천히 생각할 여유가 생겼습니다. 할머님에게서 우선순위를 매기는 법, 할 일의 루틴화를 배워 지나친 생각 탓에 움직이지 못하게 되는 일이 줄었습니다.

자신이 못난 아이가 아니게 되는 것을 알고, 기뻤습니다. 이런 저도 저 두 사람에게 도움이 될 수 있다는 것이, 참으로 기뻤습니다.

"아야노, 고마워!"

"고마워, 아야노~!"

두 사람의 미소가, 고맙다는 말이, 저에게 있어 소중한 보물이 됐습니다.

(쭉 여기 있고 싶어……. 쭉 셋이 함께 있고 싶어…….)

진심으로 그렇게 생각했지만…… 제가 꼭 나서야만 할 때, 저는 또 아무것도 못 했습니다.

실은 하고 싶은 말, 전하고 싶은 말이 잔뜩 있었습니다. 하지만 어떻게 전하면 좋을지 몰라서 생각만 하는 사이에 시간이 흘렀고, 소중한 말은 하나도 하지 못한 채…… 두 사람은 갈라서게 됐습니다.

마사치카 님은 마음에 상처를 입고 스오우 가문을 떠났습니다. 유키 님은 병으로 괴로워하면서도 스오우 가문에 남겠다는 결단을 내렸습니다.

저는 그런 두 사람을 그저 지켜보고만 있었습니다. 누구보다 가까운 곳에서, 자신의 꿈이 허무하게도 무너져 내리는 광경을 그저 지켜보고만 있었습니다.

(내가…… 뭐라도 했으면 좋았을까.)

자신이 두 사람과 대등한 존재가 될 수 있을 거라고는 생각도 안 했습니다. 저는 조연조차도 아닌, 그저 스태프입니다. 같은 무대에 설 수 없고, 객석에서 환성과 야유를 보낼 수도 없습니다. 무대 아래에서 두 사람의 활약을 조용히 지켜보고 있을 스태프입니다.

그것으로 됐다고 생각했습니다. 그것이 제 분수에 맞다고 생각했습니다. 하지만 그렇게 자기 위치에 안주한 결과, 저는 무대 위에서 일어나는 비극을 그저 지켜볼 수밖에 없었습니다.

(내가…… 어떻게 했으면 좋았을까.)

그런 의문이 머릿속에서 쭉 맴돌고 있습니다. 이제 와서 입에 담기에는 늦은 그 말을, 두 사람을 이어주기 위한 말을 생각하고 또 생각했습니다…….

"저기, 아야노. 나와 함께 선거전에 나가지 않을래?"

그래서 저는 그때, 유키 님의 손을 잡고 무대 위에 올라설 결단을 내렸다고 생각합니다.

더는 비극을 지켜보고만 있지 않기 위해서, 이번에야말로 전해야 할 말을 제대로 전하기 위해서…….

"마사치카 님께서…… 스오우 집안을 멀리하고 계시다는 건 압니다. 하지만…… 부디, 유키 님의 병문안을 와주실 수는 없을까요?"

"지금, 유키 님은 다른 누구보다도 마사치카 님을 필요로 하고 계시리라 생각합니다."

"10분만, 밖에서 기다리겠습니다."

저는, 이번에야말로…….

……………….

……………….

……………….

시계가…… 약속한 시간이 지났다는 것을 알려줬습니다.

마사치카 님이 맨션 건물 밖으로 나오시는 일 또한 없었습니다.

"아야노 양…… 어떻게 할까요? 잠시만 더 기다릴까요?"

"아뇨…… 가주십시오."

"알겠습니다……."

결국 제가 나서본들, 이야기의 흐름이 바뀌지는 않았습니다.

"오, 빠, 아아아아~."

"죄송합니다. 죄송합니다, 유키 님……."

저는 결국 스태프입니다. 우연히 왕자님과 공주님의 곁에 있을 뿐인, 운 좋은 여자아이입니다.

"저는, 마사치카 님을 모셔 오지 못했습니다……!"

무력감과 죄책감에 가슴이 먹먹했습니다. 이대로 확 사라지고 싶다고 생각했을 때, 노크 소리가 들려오더니…….

"마사치카 님……."

"미안해……. 좀 늦었어."

마치 구세주처럼 나타난 마사치카 님의 뒤편에는…… 마사치카 님의 현재 파트너가 서 있었습니다.

(아아…….)

이야기의 흐름을 바꿀 수 있는 사람은 있었습니다.

그저, 저한테는 무리였을 뿐입니다. 그저, 제가 아무것도 못 하는 아이였을 뿐입니다.

그저, 제가 할 수 있는 건 지켜보는 것이 다일 뿐입니다.

그저, 앞으로도 두 사람의 두 번째이고 싶을 뿐인…….

저는, 어떻게 했으면 좋았을까요?

제 3 화 침대에서 끌어안고 사랑을 이야기할 뿐입니다만?

시간을 조금 거슬러 올라가서, 아리사가 아야노의 방으로 안내됐을 때의 일이다. 유키의 방에서는 남매가 단둘이 마주 보며 앉아 있었다.

“그래서……? 내가 왜 화났는지는 알았어? 이 망할 멍텅구리 오빠.”

“욕하든, 경의를 표하든 하나만 하라고…….”

여동생의 말도 안 되는 호칭을 들은 마사치카는 무심코 평소처럼 태클을 걸었다. 하지만 유키는 그 말에 장난스러운 말투로 답하는 게 아니라, 눈을 가늘게 뜨며 오빠를 노려봤다. 그 무언의 항의를 받은 마사치카는 미안하다는 듯 목을 움츠렸다.

“미안해…….”

“흥.”

마사치카가 사과하자, 언짢은 듯 코웃음을 친 유키는 침대 위에 세운 한쪽 무릎에 팔을 얹으며 턱을 괬다. 그런 자세를 취하자, 정면에 앉아 있는 마사치카에게 유키의 팬티가 훤히 보였다. 하지만 마사치카는 분위기를 고려해 태클을 걸지 않을 생각이었지만…….

“저기…….”

“아앙?”

“그 곰 무늬 팬티는 뭐야?”

치마 안에서 큼지막한 곰이 동글동글한 눈동자로 쳐다보는 탓에, 도저히 무시할 수 없었다.

“말 돌리지 마.”

“그건 내가 할 말이거든?!”

“지금 중요한 건 팬티가 아냐.”

“그렇게 생각한다면, 그런 팬티를 입지 말라고.”

“내 죠디가 그렇게 신경 쓰여?”

“이름까지 붙여준 거냐. 되게 기분 나쁘네.”

언짢은 표정으로 바보 같은 발언을 늘어놓는 여동생에게, 마사치카는 어처구니없음과 질렸음이 반씩 섞인 표정을 지으며 물었다.

“저기, 지금은 시리어스한 대화를 나눌 때 아냐?”

“뭐…… 나도 그럴 작정이었는데, 말이야.”

유키는 고개를 돌리더니, 안타까운 표정을 지으며 말했다.

“아까 아랴 양과 이야기를 나누면서…… 오늘 치 시리어스를 다 써버렸어.”

“아니, 무슨 모바일 게임의 스태미나냐.”

“휴~. 장시간의 시리어스는 나한테도 버겁단 말이지~.”

"하지만 그런 이야기를 나누는 와중에도 하반신에는 죠디를 장착하고 있었던 것이군요?"

"하반신에 죠디를 장착한 게 뭐 어때서?"

"시끄러워! 나도 뱉고 나서 말이 이상하다고 생각했어!"

"참고로 뒤쪽에는 메어리도 있어."

"뒤쪽? 아, 엉덩이 쪽 말이구나……. 아니, 그건 아무래도 상관없어."

마사치카가 어처구니없다는 표정으로 한숨을 내쉬자, 유키는 침대 위에서 몸을 뒤편으로 굴렸다. 그러자 자연적으로 중력에 따라 유키의 치마가 훌렁 흘러내렸다. 그러면서 훤히 드러난 유키의 엉덩이에는 커다란 상어가 모습을 드러냈다.

"얘가 메어리야."

"안 보여줘도 돼. 그리고 메어리가 상어인 거냐고. 너무 공격적인 조합 아냐?"

"왠지 이러면 강해질 것 같거든."

"이게 내 승부 팬티, 같은 거냐? 헛소리 마. 그리고 빨리 자세 좀 고쳐!"

치마를 입은 채로 뒤 구르기를 하듯 엉덩이를 훤히 내민다고 하는, 여자가 취하기에는 꽤 문제가 많은 자세로 말을 이어가던 유키는 그제야 몸을 앞으로 굴리면서 몸을 일으키려다가…… 힘이 다한 탓에, 그대로 침대에 대자로 뻗어버렸다.

“그래서…… 어쩔래? 이제부터 진지한 이야기를 할 거야?”

의욕이라고는 눈곱만큼도 느껴지지 않는, 마치 농땡이나 부리고 싶다는 뉘앙스가 담긴 질문이었다. 하지만 오빠인 마사치카는 그 말에 숨겨져 있는 의도를 정확하게 간파했다.

(아아……. 이걸 위해 헛소리를 늘어놓은 거구나.)

유키는 지금이라면 그냥 없었던 일로 넘어가 줄 수 있다고 말하는 것이다. 싸운 적이 없었던 것으로 하고, 서로의 마음속 깊은 곳을 자극하는 이야기를 나누지 않으며, 이대로 원래의 남매 관계로 되돌아가 줄 수도 있다고 말이다. 그것은 남의 마음속에 발을 들이는 것을 꺼리는 마사치카에게…… 솔직히, 매력적인 제안이었다.

(하지만…… 이제, 저 상냥함에 어리광을 부릴 순 없어.)

밝게 웃고, 농담을 늘어놓으면서, 스오우 가문은 신경 쓰지 않아도 된다고 여동생은 돌려서 말하고 있다. 저 상냥함에 계속 어리광을 부려온 결과, 마음속에 뿌리 깊은 죄책감과 자기혐오를 품게 된 지금의 자신이 만들어졌다.

이대로 상냥한 여동생에게 또 어리광을 부렸다간, 아무것도 달라지지 않는다. 그러니…… 지금만큼은 걸음을 내디뎌야만 하는 것이다.

“나로서는…… 제대로 이야기를 나눠두고 싶어.”

각오를 다지며 그렇게 말하자, 드러누운 채로 「그렇구

나」라고 중얼거린 유키는 힘차게 몸을 일으켰다.

“어쩔 수 없네~. 진지한 이야기 좀 나눠볼까~.”

가벼운 말투와 다르게 표정을 진지하게 만든 유키는 치맛자락을 정돈하고 다리를 꼬더니, 턱을 괬다.

그렇게 마주한 유키의 눈동자를 본 순간, 마사치카는 숨을 삼켰다.

지금 이 자리에, 진짜 유키가 있다.

온갖 연기와 온갖 계산을 배제한, 진짜 유키. 그녀의 입술에서, 본격적인 이야기를 시작하기 위한 질문이 흘러나왔다.

“그래서? 내가 왜 화났는지는 깨달았어?”

마사치카는 가볍게 눈을 감더니, 여동생을 똑바로 바라보며 대답했다.

“나는…… 네 마음도, 이제까지 네가 쌓아온 것도, 전부 무시하며 무례한 소리를 했어. 멋대로 너를 이 가문의 희생자라 단정 지으면서, 네 자존심에 상처를 입혔지.”

“맞아……. 응, 솔직히 지금 떠올려 봐도 진짜 열받는다니까.”

“미안해.”

“사과하지 마. 나, 아직 할 말이 잔뜩 있거든.”

“알았어…….”

마사치카가 진지한 표정으로 고개를 끄덕이자, 유키는 표정을 찡그리면서 거친 말투로 말을 토했다.

“진짜, 얕보지 좀 말아 줄래? 나도, 스오우 가문의 후계자로서의 책무도 말이지. 마음만 먹으면 자기가 얼마든지 대신할 수 있을 거라 여기는 것도 짜증 나고, 왜 사람을 불쌍하게 여기는지도 모르겠고, 진짜 작작 좀 하란 말이야.”

평소 같으면 상상도 할 수 없을 만큼 인정사정없이, 유키는 마사치카에게 불만을 털어놨다.

“아니, 이해는 하거든? 스오우 가문의 후계자 교육을 가볍게 여기는 게 아니라는 건 말이지. 예전에는 오빠가 그걸 받았잖아? 하지만 그때와 지금은 상황이 달라. 갑자기 사명감에 눈뜬 소년 만화 주인공처럼 나서봤자 「깊이 생각도 안 해보고 뭐라 떠들어대는 거야. 현실을 보라고, 이 멍청아」란 생각 밖에 솔직히 안 들어.”

“…….”

유키의 「깊이 생각도 안 해보고」란 말이, 마사치카의 가슴에 깊숙이 꽂혔다.

확실히 얼마 전까지 스오우 가문에 발을 들이는 것조차 주저했던 인간이, 겨우 한나절 만에 스오우 가문으로 돌아가겠다고 말한 것이다. 이 급격한 심경의 변화는 신중하지 못하고 무모하다는 말을 들어도 이상하지 않다.

(실은 한참 전부터 그래야 마땅하다는 건 알고 있었지만…… 뭐, 여동생이 괴로워하는 모습을 보고서야 결심이 선 거잖아. 무슨 말을 해봤자 설득력이 없을 거야.)

마사치카가 전혀 반론하지 않으며 묵묵히 여동생의 말만 듣고 있자, 유키는 갑자기 언성을 낮추면서 불쑥 이렇게 물었다.

"저기, 내가 그렇게 불쌍해 보여?"

"아냐……!"

이틀 전에도 들었던 그 말을, 마사치카는 즉시 부정했다. 그리고 자기가 언성을 높였다는 것을 눈치채더니, 심호흡을 한 번 한 후에 다시 부정했다.

"그런 게 아니야. 나는 네가 불쌍하다고 생각 안 해."

유키가 목청껏 외친 그 질문을 듣고, 쭉 자기 자신에게 물었다. 그 끝에 나온 답을, 마사치카는 천천히 이야기했다.

"그런 게 아니라…… 원래 너에게는 꿈이, 선택지가 잔뜩 있었어. 되고 싶은 것과, 하고 싶은 일이 잔뜩…… 나는, 스오우 가문의 후계자가 되는 것이 네가 진정으로 바란 게 아니라고 생각해서……."

가슴이 옥죄어드는 감각 탓에 인상을 찡그린 마사치카는 말을 이었다.

"지금의 너를 보고 있으면 안타깝고…… 괴로워."

오빠의 솔직한 마음을, 유키는 진지한 표정으로 받아준

후에 조용히 답했다.

"오빠, 전에 말했지? 엄마와 결혼하기 위해, 외교관의 길을 선택한 아빠가 멋지다고 말이야."

"그래……."

갑자기 이야기가 샌 탓에 당혹스러워하면서도, 마사치카는 고개를 끄덕였다. 그러자 유키는 희미하게 슬픔이 어린 눈동자로 그를 쳐다보며 물었다.

"그러면, 나는? 가족의 미소를 지키기 위해, 외교관이 되기로 결심한 나를, 자랑스럽게 생각해 줄 순 없는 거야?"

그 안타까운 질문을 듣고 가슴이 아픈 마사치카는 금방이라도 울음을 터뜨릴 듯한 표정으로 대답했다.

"그렇게 생각해……. 누구보다 멋지고, 대단하다고 생각해. 정말 존경한다니까. 하지만, 그렇기 때문에…… 그런 너에게, 그런 길을 선택하게 만든 게…… 너무나도 괴로워."

"그렇구나……."

작게 고개를 끄덕인 유키는 시선을 들어 올렸다. 그렇게 허공을 멍하니 응시하더니, 이윽고 작은 목소리로 말했다.

"결의는…… 변치 않는 거네."

"그래……."

여동생의 추상적인 중얼거림에 담긴 의미를 이해한 마사치카는 고개를 끄덕였다.

"내가 이 고통에서 벗어나기 위해…… 너를 억지로라도

자유롭게 만들 거야. 네가 어떻게 생각하든 상관없어. 나는 어디까지나 나 자신을 위해—."

잠시 말을 멈춘 후, 마사치카는 딱 잘라서 선언했다.

"너에게서 스오우 가문 후계자의 자리를 빼앗을 거야."

유키는 시선을 내렸다. 오빠의 올곧은 시선을 보더니, 한번 눈을 감은 후…… 유키는 애틋한 미소를 머금었다.

"나도 오빠를 자유롭게 만들어주고 싶었어."

여동생이 가슴속에 몰래 품고 있던 마음을 털어놓자, 마사치카는 숨을 삼켰다.

"오빠가 더는 괴롭지 않도록…… 자유롭게 만들어주고 싶었어."

그것은 과거에 병에 걸려 침대에서 누워서 지내야만 했던 유키가 품었던 소망이다. 그 시절의 소망을 지금 다시 마주한 유키는 안타깝다는 듯 고개를 숙였다.

"하지만, 응. 그렇구나……. 지금의 오빠에게는 이 집을 떠나 지내는 게 고통스러운 거네……."

유키의 표정이 흐려진 것은 오빠에게 그런 마음을 품게 한 못난 자기 자신 탓일까. 아니면 같은 마음을 품고 있기에 남매끼리 다툴 수밖에 없게 됐다는 사실을 안타깝게 생각하는 것일까.

(차라리 평범한 집에서 태어났다면…….)

그런 생각이, 마사치카의 가슴속을 스쳤다.

명가의 족쇄와 책임 같은 게 없는 평범한 집에 말이다. 남매가 둘 다 자기가 좋아하는 길을 선택할 수 있는, 그런 집에서 태어났다면…….

(무의미한 상상이겠지.)

이제부터라도 마음만 먹는다면, 그 길을 선택할 수 있다. 남매가 함께 스오우 가문을 버리고 도망치면 된다. 하지만…… 자신의 동생이 그런 길을 선택하지 않으리라는 것을 잘 알고 있다. 그래서 그녀가 이제 무슨 말을 할지도…… 마사치카는 짐작이 됐다.

"하지만, 나에게도 양보할 수 없는 게 있어."

고개를 든 여동생이 강렬한 눈길을 머금으며 그렇게 선언하자, 마사치카는 「이럴 줄 알았어」라고 생각했다.

"내가 이제까지 쌓아온 것은 누구도 망가뜨리지 못해. 나는 반드시 스오우 가문의 당주가 될 것이고, 그러기 위해 선거전에서 승리해 학생회장이 될 거야. 오라버니한테도, 아랴 양한테도, 절대 안 져."

흔들림 없는 신념과 굳은 각오를 배경 삼은, 눈부실 만큼 당당한 결의 표명이었다. 아리사와 마찬가지로, 자신의 의지로 선택한 길을 곧장 걸어가는 자만이 뿜을 수 있는 혼의 빛이 느껴졌다.

(쭉 갈팡질팡하며 방황하기만 한 나에게는…… 너무 눈부셔.)

마음속으로 그렇게 자조하면서도, 마사치카는 그것을 겉으로 드러내지 않았다. 하다못해 겉으로는 지지 않겠다는 듯 가슴을 펴며 선언했다.

"나는, 내가 자랑스러워할 수 있는 내가 되기 위해, 스오우 마사치카로 돌아가겠어. 그러기 위해 선거전에서 너를 쓰러뜨리고, 아랴와 함께 내광회에 들어갈 거야."

"오빠도 양보할 생각은 없는 거구나."

"그래. 나는 이 길을 나아가기로 이미 결심했어."

"그래……."

"하지만…… 네 결의를 얕보는 듯한 말을 한 건 미안해. 진심으로 사과할게."

"아, 뭐…… 나도 오빠를 걷어찼었으니까, 그건 이제 됐어."

마사치카가 다시 고개를 숙이자, 유키는 약간 겸연쩍은 투로 그렇게 말한 후에 가볍게 헛기침했다.

"으음……. 그럼, 이것으로 일단 화해한 거네?"

"네가 용서해 준다면 말이지……."

"하아~, 정말. 너무 착한 아이처럼 굴지 말아줄래? 왠지 서먹하게 느껴진단 말이야."

진지한 분위기를 걷어내려는 듯 팔을 휘두른 유키는 손뼉을 치며 말했다.

"자! 이것으로 화해한 거야! 괜찮지?"

"좋아……."

"그러면 이것으로 남매 싸움은 끝! 좋아아아아아아았어—!"

침대 위에 두 발로 선 유키는 두 손을 허리에 대면서 마사치카를 내려다보더니, 턱을 치켜들면서 당당히 말했다.

"사랑해 게임을 하자."

"뭐?"

"화해의 증표 삼아, 서로에게 애정을 전하자는 거야."

"서로에게 애정을 전하자니…… 사랑해 게임은 그거 아냐? 두 사람이 얼굴을 마주한 상태에서 『사랑해』란 말을 하다, 먼저 부끄러워하는 쪽이 지는 게임이잖아."

"맞아. 하지만 우리는 룰을 바꿔서, 부끄러워하는 쪽이 아니라 만족하는 쪽이 진 거로 하자."

"만족……? 무슨 소리야?"

"잔말 말고~ 하자. 자, 이쪽으로 와 봐."

"그래그래……."

침대에 철퍼덕 앉은 여동생이 자기 쪽으로 오라고 재촉하자, 이렇게 되면 유키에게 무슨 말을 해도 소용없다는 것을 아는 마사치카는 순순히 그녀가 시키는 대로 했다.

약간 거리를 두며 침대에 걸터앉자, 유키는 마사치카를 향해 몸을 돌리고 응시하며 말했다.

"오빠…… 사랑해."

"응……."

평소의 장난스러운 태도가 아니라, 진지한 태도로 애정

을 전하는 유키를 본 마사치카는 약간 당황했다.

"아, 으음, 나도—."

"내 눈을 똑바로 봐."

"크……."

반사적으로 시선이 흔들렸지만, 유키의 지적을 들은 마사치카는 그녀를 쳐다봤다. 그리고 멋쩍은 마음을 억누르며 말했다.

"사랑해, 유키."

"나도 사랑해."

"너를 진심으로 사랑해."

"나는 오빠를 이 세상에서 가장 사랑해."

"나도…… 너를 가장 사랑해."

"흐흐흐~."

"만족한 것 같네."

입가를 마구 씰룩이고 있는 유키를 본 마사치카는 도끼눈을 떴다. 하지만 유키는 고개를 가로저었다.

"아니, 아직 만족 못 했어. 계속 하자~."

"판정이 참 허술하네."

마사치카의 태클을 깔끔하게 무시한 유키는 그를 올려다보며 말했다.

"오빠…… 상냥하고 귀여운 오빠를, 나는 이 세상의 그 누구보다도 사랑하거든?"

"나한테도…… 너는 최고로 귀엽고 상냥한 동생이야. 사랑해."

"흐흐흐~."

"진짜로 만족한 거 아냐?"

"아니~, 아직 만족 못 했어~. 여전히 사랑이 부족해~."

"그게 안겨 들면서 할 소리냐?"

와락 안겨 들어서 자기 가슴에 얼굴을 묻은 여동생에게, 마사치카는 마음속으로 「어디까지 진심인지 모르겠네」라고 생각하며 한숨을 내쉬더니…… 마침 좋은 기회라 생각하며 물어보기로 했다.

"저기…… 그거, 어디까지 진심인 거야?"

"응~? 뭐가 말이야?"

"솔직히…… 나는 너한테 이만큼이나 사랑받는 이유를 모르겠어."

마사치카가 마음을 굳게 먹으며 그렇게 말하자, 유키는 한동안 눈을 깜빡인 후에 팔짱을 풀며 오빠에게서 떨어졌다. 표정을 지운 채 조용히 자신을 쳐다보는 여동생의 눈을 응시하며, 마사치카는 신중하게 말을 이어갔다.

"나는…… 네가 이 집에서 병마와 싸우고 있을 때, 후계자 교육을 열심히 받고 있을 때, 아무것도 하지 않으며 나태하게 일상을 보내온 매정한 오빠잖아? 원망받는다면 몰라도, 너한테 사랑받을 이유는 없다고 생각해."

마사치카가 그렇게 말하자, 유키는 눈을 치켜뜨더니…… 미소를 머금으며 한마디 했다.

"거참, 사람 짜증 나게 이유를 따지네."

"뭐—."

"그렇게 치면, 나는 오빠가 공부와 교육을 열심히 받는 동안에 농땡이 부리며 놀기만 한 여동생이거든? 게다가 마구 장난을 쳐대며 공부를 방해한 여동생이거든? 게다가 천식에 걸려 드러누워 지내면서 부모님의 관심을 다 빼앗아 간 여동생이거든? 거추장스럽게 여겨진다면 몰라도 사랑받을 이유는 없거든?"

"그건……."

확실히 사실만 따지고 본다면 그럴지도 모른다. 하지만 마사치카는 유키를 거추장스럽게 여긴 적이 단 한 번도 없다.

(아니, 그건 과대 포장이려나. 솔직히 말해 거추장스러웠던 적이 몇 번…… 꽤 있어.)

그래도 유키는 언제나 마사치카에게 귀여운 여동생이었다. 장난을 좋아하는 악동이었던 시절에도, 천식으로 괴로워하던 시절에도, 오타쿠가 되어 바보 같은 짓이나 해댈 때도, 숙녀처럼 행동할 때도 말이다. 마사치카는 유키가 너무나도 귀여웠다. 이렇게 자유롭고, 제멋대로이며, 자기 멋대로인 것 같지만 실은 주위 사람을 헤아려 주는 여동생이 진심으로 사랑스러웠다.

"나도 마찬가지야."

오빠의 마음을 읽은 것처럼, 유키는 확고한 미소를 머금었다.

"매사를 귀찮아하지만, 실은 생각이 많고, 고민과 후회가 끊이지 않는 데다, 내버려뒀다간 금방 풀이 죽어. 그래도 항상 상냥하고, 내 어리광을 받아줘. 나를 쭉 좋아해 주잖아. 그런 오빠를, 나도 정말 사랑해."

그렇게 말한 유키는 침대 위에서 무릎 서기를 하더니, 마사치카의 머리를 끌어안았다.

"쭈우우욱~ 좋아해 왔어."

마사치카의 이마에 부드러운 무언가가 닿더니, 쪽 하는 소리를 내면서 떨어진 후, 유키는 그의 머리를 꼭 끌어안았다.

아까 전의 아이들이 장난칠 때 같은 포옹이 아니라, 부모가 자기 자식에게 애정을 전하기 위해 할 듯한, 그런 상냥하고 따뜻한 포옹이었다.

(그래……. 같은 마음이구나…….)

불현듯 납득했다.

이유를 떠나, 상대방을 사랑스럽게 여기는 마음. 유키가 마사치카에게 품고 있는 마음은, 마사치카가 유키에게 품고 있는 마음과 동일한 것이다.

바로 그때, 유키의 팔에서 힘이 빠졌다. 마사치카가 고개를 들어보니, 동생은 상냥한 미소를 머금은 채 자신을 내려다보고 있었다.

"……."

마사치카는 말없이, 방금 유키가 한 것처럼 상냥히 동생을 끌어안아 줬다.

"꺄아~, 멋쩍네~."

유키도 일부러 새된 목소리를 내면서 마사치카를 끌어안았다.

"흐흐~♪"

마사치카의 품속에서, 유키는 진심으로 만족한 듯한 소리를 냈다.

한동안 서로의 고동과 체온을 느끼던 남매는…….

"그런데, 이 분위기는 어떻게 할 거야? 가슴 이야기라도 할까?"

"안 해. 그건 또 무슨 소리야."

유키가 갑자기 악동 같은 분위기로 그렇게 말하자, 이제까지의 분위기가 박살 나고 말았다.

"아니, 이대로 있다간 본격적으로 분기점에 들어설 것 같아서……."

"분기점은 또 뭔데?"

"나는, 여동생을…… ▶여성으로서 사랑한다. ▶가족으로서 사랑한다."

“분기점 따위 없어! 그럴듯한 헛소리 늘어놓지 마! 오직 가족이라고!”

“가슴이 부족해서냐. 가슴이 부족해서 그런 거냐.”

“억지로 가슴 토크로 연결하려고 하지 마.”

“하지만 가슴이 컸다면 확 덮쳤을 거잖아요?”

“여동생의 큰 가슴은 머리 벗겨진 뚱땡이 영감탱이의 마안(魔眼)이나 다름없다고.”

“정말 적절한 비유인걸…….”

유키는 벌레라도 씹은 표정을 지으며 마사치카한테서 떨어졌다. 그리고 이마에 손을 대더니, 고뇌에 찬 표정을 지으며 말을 이었다.

“아니, 잠깐만……. 그 머리 벗겨진 뚱땡이 영감탱이가 이세계에서 돌아온 전직 용사이며, 사랑하는 가족을 지키기 위해 13년만에 마안을 해방한 거라면…… 나는 흥분할 수 있어. 흥분할 수 있다고!”

“망상의 힘을 꽤 빌리는걸. 그건 여동생의 가슴을 보면서 「이건 내가 사랑하는 아이돌 ○○ 양의 가슴이야」라고 망상하려 하는 것과 별반 다르지 않거든?”

“크억! 하지만 그 배경을 망상하는 것과, 불리한 부분을 망상으로 커버하는 건 경우가 달라…….”

“아니, 망상 없이는 흥분할 수 없단 의미에서 본다면 거기서 거기라고.”

"크, 크으으으……!"

고통에 찬 신음을 토한 유키는 침대 위에서 몸을 웅크렸다. 그리고 침대 시트를 주먹으로 내려치더니, 피를 토하는 듯한 목소리로 중얼거렸다.

"어째서……. 가슴만 크면, 그 어떤 여자라도 무조건적으로 에로틱해지는 것 아니었어……?!"

"반증: 에레나 선배."

"크헉."

"애초에 아무리 가슴이 크더라도, 노출이 과다한 복장을 안 하는 한, 「에로틱하네」란 감상에는 이르지 않아. 평범한 복장을 하고 있다면 「가슴 참 크네」란 생각밖에 안 든다고."

마사치카가 손을 절레절레 흔들면서 태클을 걸자, 유키는 움직임을 멈췄다. 그리고 다음 순간, 의기양양한 표정으로 몸을 일으켰다.

"훗, 그만 좀 하라고……. 설마 내 오라비란 사람이 아직 그 수준을 맴돌고 있는 거냐?"

"어? 갑자기 부활했네."

남을 바보 취급하는 듯한 표정을 지으며 두 손을 치켜든 유키가 고개를 가로저었다. 유키는 오빠의 차가운 눈길을 전혀 개의치 않더니, 눈을 살짝 내리깔면서 앞머리를 쓸어 올렸다.

"확실히 노출이 심한 복장…… 수영복이나 속옷 차림은

정말 멋져……. 평소에는 결코 드러나지 않는, 소녀의 부드러운 살갗. 그 와중에도 중요한 부위는 보이지 않는다는 점에서 비롯된 관능미. 가슴이 크다면 별것 아닌 동작에서 출렁이는 그 육감을 통해, 실제로 만졌을 때의 부드러움과 탄력을 망상할 수 있을 거야……. 하지만. 하지만 말이지."

유키는 그 타이밍에 슬쩍 곁눈질을 보내더니, 보는 사람이 짜증 날 정도로 의기양양한 표정을 지으며 말했다.

"일부러…… 그래. 일부러 교복이나 정장…… 그런 노출과 거리가 먼 차원에 있는 옷…… 그런 옷의 가슴 부위를 탱탱하게 압박하는 거대한 가슴 또한, 그 특유의 에로틱함이 있다는 거야……."

"아니…… 아까도 말했지만, 그런 것을 보고 딱히 에로틱하다고는—."

"그게 왜 에로틱하지 않다는 건데!!"

"우왓, 무서워라. 너, 완전 폭주 중이거든?"

유키가 눈을 치켜뜨며 몸을 쑥 내밀자, 마사치카는 몸뿐만 아니라 마음도 뒤편으로 쑥 뺐다. 그러자 유키는 표정을 한껏 일그러뜨리더니, 금방이라도 눈물을 터뜨릴 듯한 표정으로 외쳤다.

"바보! 오빠는 바보! 멍텅구리!"

"우와, 이번에는 또 왜 그러는 건데?"

"오빠가 말했었잖아! 『완전 노출은…… 거꾸로 매력이 없어. 슬쩍슬쩍~ 보여주는 거야말로 정의야』라고 말이야!"

"앗!"

과거에 자신이 여동생에게 한 말을 들은 순간, 마사치카는 화들짝 놀랐다. 그런 오빠를 눈물에 젖은 눈동자로 응시하면서, 유키는 외쳤다.

"나한테…… 가림의 에로틱함을 가르쳐 준 사람은 오빠잖아? 그런 오빠가…… 왜, 왜 그 너머! 완전 가림의 에로틱함을 이해해 주지 않는 건데?!"

"……!!"

여동생의 비통한 호소를 들은 마사치카는 떨리는 손으로 자기 입을 감쌌다. 그리고 시선이 흔들리더니, 그 손 너머에서 쥐어짜 낸 목소리로 중얼거렸다.

"아, 아아……. 그래, 그랬지……."

혼잣말하듯 그렇게 중얼거린 마사치카는 안타까운 표정으로 유키를 응시했다.

"미안해. 내가, 틀렸어."

"바보! 오빠는 바보!"

유키는 욕설을 내뱉으면서도 오빠의 품에 뛰어들더니, 그대로 힘껏 끌어안았다. 그런 여동생을 마주 안아준 마사치카는 상냥한 목소리로 자신의 실수를 인정했다.

"그래……. 큰 가슴은 에로틱해. 옷으로 숨길지라도 에로틱하지. 네 말이, 맞아."

"그래! 정장 안에 억지로 집어넣은 왕가슴! 그 반동으로 부자연스럽게 생긴 옷의 주름! 흐트러진 실루엣! 금방이라도 떨어질 듯한 단추! 그게, 야하단 거야! 우에에에엥~!!"

울음을 터뜨린 여동생을, 어르듯 안아주는 오빠. 그렇게 진한 포옹을 나누는 두 사람을…… 아리사는 질린 표정으로 응시했다.

"저, 저기, 아야노 양…… 저 두 사람은 아까부터 무슨 소리를 하는 걸까?"

"남매의 정을 확인하고 계신 겁니다."

"정말이야아아아~?"

아야노가 망설임 없이 즉답하자, 아리사는 회의적인 눈길로 그런 두 사람을 응시했다. 그리고 왠지 고귀한 광경을 보듯 두 눈동자를 반짝이고 있는 아야노를 보더니, 살짝 질렸다.

문 너머에서 오빠를 탓하는 듯한 유키의 고함이 희미하게 들려와서 머뭇머뭇 방 안을 살펴보니, 이런 상황이 벌어지고 있었다. 보기에는 남매가 눈물을 흘리며 화해하고 있는 것 같지만, 대화 내용은 멍청한 남자 고등학생 그 자체였다. 눈이 접한 정보와 귀가 접한 정보가 너무 매치가 되지 않는 탓에 머릿속에 문제가 생겼다. 혹시 이 광경은 합성 영상 같은 게 아닐까?

"……."

아리사는 일본에선 분명 큰 편에 속할…… 게다가 현재도 계속 성장하고 있는 자신의 가슴을 내려다보더니, 양손으로 그것을 가렸다. 참고로 아야노도 조그마한 체구에 비해 꽤나 어엿한 가슴을 가지고 있지만, 그녀는 숨길 생각이 전혀 없는 것 같았다.

"그런데 오빠는 언제쯤 되면 복부의 에로틱함을 깨닫게 되려나?"

"아니, 솔직히 말해 그쪽은 전혀 모르겠어. 아니, 복부는 남자나 여자나 크게 다르지 않잖아."

"뭐, 인마…… 엉덩이와 허벅지에 그런 소리를 지껄일 수 있는 거냐아아아앗?!"

"드, 듣고 보니…… 뭐, 배꼽은 사람마다 개성이 있는 것 같기는 해."

"오호라~? 확실히 배꼽 피어싱 같은 것도 있긴 하잖아. 거기는 일종의 매력 포인트일지도 모르겠네."

"뭐, 배꼽 피어싱이 왜 좋은 건지도 잘 모르겠지만……."

"피어싱은 사람에 따라 취향이 갈리거든~. 으음~. 그것 말고 배에 하는 건…… 음문(淫紋)?"

"갑자기 비현실적인 게 나왔네……. 솔직히 말하자면, 나는 그 음문이라는 것도 왜 좋은 건지 모르겠어."

"음, 그 점에는 동의해. 나도 음문은 딱히 에로틱하지 않다고 생각하거든."

"솔직히, 타투 같은 것과 다를 게 없잖아. 취향이 갈린다는 의미에서 본다면 피어싱과 비슷해. 개인적으로는 깨끗한 피부에 글자나 문양을 그려 넣는 건 그다지……."

"그래도 바를 정(正)은 에로틱하다고 생각하지?"

"그건 에로틱 그 자체야."

"야, 이 변태야~."

포옹한 채로 열띤 토론을 이어가는 남매의 대화를 듣고, 순수한 두 소녀는 「바를 정……?」이라고 중얼거리며 고개를 갸웃거렸다.

남매의 토크는 아리사가 문 앞에 있다는 것을 마사치카가 눈치챌 때까지 이어졌다.

※유키는 아리사가 방 안을 살펴본 시점에 이미 눈치챘다.

제 4 화 아리사의 뇌는 몇 번이고 파괴된다

"잠깐만, 유키. 아랴가 보고 있어! 아랴가 보고 있다고!"

"잘됐네. 그냥 보여주자고……. 헤이~ 회계 양, 보고 있어~? 마사치카라면, 지금 나와 침대에서 끌어안고 있거든?"

"이것저것 섞지 마. 빨리 떨. 어. 져."

아리사의 차가운 시선을 느낀 마사치카는 유키를 밀쳐내려 했다. 하지만 유키는 마사치카의 목에 두 팔을 두르면서 한사코 떨어지지 않았다.

"정말, 마사치카 씨야말로 왜 이러는 거죠? 방금까지 저와 그렇게 뜨겁고 격렬한 포옹을 나눴잖아요♡"

게다가 아가씨 말투로 이런 소리까지 늘어놓기 시작했다.

바로 그때, 두 사람에게 성큼성큼 다가간 아리사는 유키의 옷깃 뒤편을 잡고 마사치카에게 떼어냈다.

"어머나~."

교과서 읽는 목소리로 그렇게 말한 유키는 그대로 우스꽝스럽게 데굴데굴 뒤편으로 굴러갔다. 그 모습을 차가운 눈길로 쳐다본 아리사는 마사치카를 향해 시선을 돌리려다— 훤히 드러난 유키의 엉덩이를 세 번이나 다시 쳐다보고 말았다.

"……?!"

"좀 가리라고."

"어머나, 실례를 범했네."

눈을 치켜뜬 채 무심코 웃음을 터트리려다 겨우 참아냈다고 하는, 꽤 희귀한 표정을 짓고 있는 아리사에게서 눈길을 돌린 마사치카는 유키에게 그렇게 말했다. 그러자 왕년의 개그 만화 같은 자세로 뒤집혀 있던 유키는 몸을 일으키면서 치맛자락을 내렸다. 그리고 아리사를 쳐다보며 한쪽 눈을 치켜떴다.

"이봐, 프리티 걸…… 그 표정은 뭔데? 이 정도로 웃음을 터트려서야, 이 집에선 한시도 버티지 못할걸?"

"스오우 가문의 품성을 떨어뜨리지 마. 이 집에서 괴짜인 사람은 바로 너뿐이라고."

"그래. 괴짜인 이 몸이 이 저택의 엄숙한 분위기 속에서, 가족의 눈을 피해 온 힘을 다해 너를 웃기려 들 거야. 이름하여, 절대로 웃어선 안 되는 스오우 가문 저택 방문……."

"인마, 진짜로 관둬. 할아버지의 등 뒤에서 죠디를 보여주거나 하지 마. 진담이라고."

"죠디……?"

"얘가 죠디야."

"으읍?!"

유키가 치마를 훌렁 걷어 올려서 곰 팬티를 보여주자, 아리사는 금방이라도 웃음을 터뜨릴 것 같은 표정을 또 지으면서 손으로 입을 막았다.

그리고 어찌어찌 웃음을 참은 후, 어처구니없음과 감탄이 반씩 섞인 눈길로 유키를 쳐다봤다.

"너, 용케 그런 본성을 학교에서 숨겨 왔네……."

"내 연기력, 진짜 끝내주지 않는가?"

"않는가…… 맞아. 이중인격이란 생각이 들 정도야."

"어머나, 이중인격이라뇨……. 『상류층 아가씨 모드』라고 불러주시지 않겠어요?"

"으으, 정신 나갈 것 같아……."

태도와 말투, 그리고 목소리 톤까지 자유자재로 바꾸는 유키를 본 아리사는 머리를 감싸 쥐면서 이제까지 들어본 적 없는 목소리를 냈다. 그 모습을 보고 「진지한 성격인 아랴한테 여동생 모드 유키는 너무 자극적인가」라고 생각한 마사치카는 침대에서 빠져나와 아리사에게 다가갔다.

"좋아, 아랴. 일단 내 방으로 가자."

"오, 이 몸도 같이 갈래."

하지만 아리사가 대답하기 전에, 유키가 침대 위에서 몸을 기대듯이 마사치카에게 매달렸다.

"너, 너는 오지 마."

"왜~. 나만 따돌리지 마~. 영차영차……."

"기어오르지 말라고."

오빠의 어깨에 손을 얹고 몸을 다리로 감싸면서 재주 좋게 기어오르는 여동생에게, 마사치카는 쓰러지지 않도록 발에 힘을 주면서 태클을 걸었다. 하지만 유키는 개의치 않으며 마사치카의 가슴 아랫부분을 두 발로 꽉 감싸더니, 그대로 오빠의 머리에 매달렸다.

"싫어! 모처럼 화해했잖아! 떨어지기 싫소이다! 떨어지기 싫단 말이외다!"

"위험, 잠깐, 목 삘 것 같으니까 그만하라고!"

유치원생 수준의 응석을 부리는 유키를 본 아리사는 볼이 씰룩거렸다.

"저기…… 너희는 항상 이런 느낌이야……?"

"응? 아, 그야 물론—."

"물론 그렇지 않아. 이건 비 온 뒤에 땅이 굳는다, 같은 거야."

"정말. 왜 그러세요, 오라버니♡ 혹시 아랴 양 앞이라 멋쩍어하는 건가요?"

"너야말로 왜—."

평소보다 더 들러붙는 것 같았다. 마사치카는 화해만이 이유가 아닐 거라고 생각했다. 그렇게 눈치채자, 머리 위에 있는 동생을 도끼눈으로 노려봤다.

"너, 즐거운 거지?"

머리 위에 있는 유키가 부비부비를 중단하자, 마사치카는 이어서 말했다.

"친구 앞에서 이런 모습을 보이는 게 처음이라…… 즐거운 거잖아."

"역시 우리 오빠야. 전부 간파한 건가……."

진지한 목소리로 그렇게 말한 유키는 마사치카의 몸 위에서 풀쩍 뛰어내렸다. 그리고 아리사를 향해 미안함 섞인 미소를 지으며 말했다.

"죄송해요, 아랴 양. 가족과 아야노 이외의 사람 앞에서 이런 모습을 보이는 게 처음인지라…… 조금 들떴답니다."

"어, 아, 응……."

갑자기 표정이 풀린 아리사는 툭하고【내가, 처음……】이라고 중얼거리더니, 새침한…… 그러면서 기분이 썩 나쁘진 않은 표정을 지었다.

"뭐, 처음이니…… 어쩔 수 없을 거야."

"후후훗. 감사해요. 이래서 아랴 양을 좋아한답니다."

"그, 그래? 고마워……."

기습적으로 숨김없이 호의를 표시하자, 눈을 치켜뜬 아리사는 고개를 돌린 채 머리카락을 만지작거렸다. 그녀가 부끄러움을 숨기려고 저런다는 것은, 누가 봐도 명백했다.

((진짜 쉬운 애네……))

남매는 같은 타이밍에, 같은 마음의 목소리를 중얼거렸다. 그리고 유키는 미소를 머금으며 두 손을 들어 올렸다.

"그러면 화해의 포옹을 할까요. 아~, 흑심 같은 건 눈곱만큼도 없답니다."

"엉큼한 눈길로 쳐다보며 무슨 소리를 늘어놓는 거야."

어깨 높이로 들어 올린 두 손을 꼼지락거리면서 아리사를 향해 달려가려 하는 유키의 옷깃을, 마사치카가 덥석 움켜쥐었다. 잠시 후, 그 손이 의미하는 바를 눈치챈 아리사 또한 두 손으로 가슴을 가리며 뒷걸음질 쳤다.

"너, 너란 애는 정말……. 그것보다, 왜 그렇게 가슴에 흥미가 있는 건데? 너, 너한테도, 저기, 달려 있잖아."

"훗……. 이래서 순진무구한 베이비는 문제라니깐."

마사치카에게 옷깃을 잡힌 유키는 보는 사람을 짜증 나게 만드는 표정을 지으며 어깨를 으쓱했다.

"잘 들어. 세상에는 네 종류의 찌찌가 있어……. 주무를 수 없는 찌찌. 주무를 수 있는 찌찌. 움켜쥘 수 있는 찌찌. 그리고…… 끼울 수 있는 찌찌야."

"그게 우쭐대면서 할 소리냐."

오빠의 매몰찬 태클을 무시한 유키는 자기 가슴에 손을 대며 말을 이었다.

"나는 주무를 수 있는 찌찌. 아야노는 움켜쥘 수 있는 찌찌. 아랴 양은…… 슬슬 끼울 수 있을 것 같군요."

"뭐, 뭘 말이야?"

"네? 그야 물론 성—."

"포장."

여동생을 침대 위로 던진 후, 이불로 둘둘 말아서 포장했다. 그리고 얼굴 위에 베개를 얹은 후, 마사치카는 유키의 「으갸」 하는 소리를 무시하면서 아리사를 문 쪽으로 안내했다.

"자, 가자. 얘와 같이 있으면 피곤하거든."

『그럴듯한 이유를 대며 여자를 자기 방으로 데려가려 하는 놈이 무슨 소리를 하는 거야……. 그쪽이 훨씬 피곤해지거든요~? 너무 박히느라 피곤해지거든요~?』

"뭐, 재 말은 안 들어도 돼."

베개 너머에서 들려오는 여동생의 목소리를 무시한 마사치카는 아리사를 밖으로 안내했다. 그리고 방에서 나가기 직전, 문 옆에 있는 아야노에게 작은 목소리로 말했다.

"(몸을 추스른 지 얼마 되지도 않았는데 꽤 무리한 것 같으니까, 좀 쉬게 해.)"

"(알겠습니다.)"

"어? 아야노?"

"(왜 그러십니까?)"

고개를 끄덕이는 아야노에게서 약간 묘한 느낌을 받은 마사치카는 그녀의 얼굴을 뚫어지게 쳐다봤다. 하지만 아야노는 평소와 마찬가지로 무표정한 얼굴로 고개를 살짝 갸웃거릴 뿐이었다.

"아냐……. 부탁해."

"네."

마음속으로 「기분 탓일까?」라며 고개를 갸웃거린 마사치카는 아리사의 뒤를 따르며 방을 나섰다.

그리고 아야노를 신경 쓰며 과거의 자기 방이었던 곳으로 향하더니, 문을 열면서 아리사를 안내했다.

"들어와……. 뭐, 여기를 내 방이라도 해도 될지는 모르겠지만 말이지."

"실례할게……."

머뭇머뭇 방 안으로 들어가는 아리사를 뒤따르면서, 등 뒤로 돌린 손으로 문을 닫았다. 그러자 아리사는 몇 년 전부터 시간이 멈춰버린 듯한 실내를 천천히 둘러보더니, 아까 전의 소동을 잊은 것처럼 감회에 젖은 목소리로 중얼거렸다.

"너는, 여기서 자랐구나."

"그래. 이 방이 이대로 남겨져 있어서, 나도 놀랐어."

"만져봐도 돼……?"

"응."

마사치카가 허락하자, 책장 앞에 선 아리사는 책을 뽑아서 내용을 살펴보더니 눈썹을 찌푸렸다.

"너, 이걸 초등학생 때 읽은 거야?"

"뭐? 아…… 읽었던 기억이 있긴 해. 뭐, 당시에는 완전히 이해 못 했을 거야."

아리사가 들고 있는 근대사와 세계 정세에 관한 책을 반갑다는 듯이 쳐다보면서, 마사치카는 작게 웃었다.

"그래……. 왠지, 실감이 나는 것 같아."

"어? 무슨 실감?"

고개를 들자, 입가에 미소를 머금은 아리사와 시선이 마주쳤다. 아리사는 방 안을 시선으로 가리키면서, 상냥한 목소리로 말했다.

"네가, 예전에 스오우 마사치카였다는 게…… 이 집에서 스오우 가문의 후계자가 되기 위해 노력했다는 게…… 그게 사실이었다는 게 말이야. 응. 이제, 드디어 이해돼."

"……."

그렇게 말하는 아리사의 눈에는 열심히 공부하는 어린 스오우 마사치카의 조그마한 모습이 보이는 것일까. 마사치카가 어떤 반응을 보이면 좋을지 몰라서 어색하게 고개를 끄덕이자, 아리사는 작게 중얼거렸다.

"너도…… 노력했었구나."

"응?"

"아, 아냐. 나, 저기…… 너는 노력하지 않아도, 뭐든 해낼 수 있는 사람이라고 생각했거든."

마사치카의 시선에 담긴 의문에 아리사가 약간 멋쩍은 투로 대답한 후, 두꺼운 책으로 가득 찬 책장을 쳐다보면서 「하지만」 하고 말을 이었다.

“너는 어릴 적부터 정말 노력해왔구나. 분명, 나보다 더…… 그렇게 생각하니…… 응. 너를 오해해서 정말 면목이 없어…….”

“…….”

그것은 마사치카가 이제까지 생각해 본 적도 없는 일이기에, 바로 이해할 수가 없었다. 하지만 아리사는 책장에 줄지어 꽂힌 책에 손을 대면서, 상냥한 목소리로 말했다.

“여기 있는 책 한 권, 한 권…… 네가 쌓아 올린 노력 하나하나가 지금의 너를 형태 짓고 있는 거야……. 그걸 알게 되어서, 정말 기뻐.”

“…….”

그 뜻밖의 말을 듣고, 마사치카는 그 자리에서 굳어버렸다.

노력. 그것은 자신과 가장 거리가 먼 말이라고 생각했다.

이제까지, 부모님에게 물려받은 재능만으로 별 노력 없이 살아왔으니 말이다. 그렇게…… 생각했다. 하지만…….

(스오우 마사치카로서의 노력…….)

방금 그 말을 듣고, 짚이는 부분이 분명히 있었다.

(생각해 보니…… 세이레이 학원에 들어갈 수 있었던 것도, 이 집에서 살던 시절에 열심히 공부한 덕분이야…….)

아무리 마사치카가 뛰어난 학습 능력을 지녔다고 해도, 겨우 반년 동안 수험 공부를 해서 국내에서 가장 들어가기 어렵다는 중학교에 입학하는 것은 쉽지 않은 일이다. 그런데도 해낸 것은, 이 집에서 살던 시기에 세이레이 학원 입학을 전제로 공부를 해왔기 때문이리라.

(이 집에서 익힌, 그 어떤 사람에게도 말을 건넬 수 있는 사교성. 상대방을 불쾌하게 만들지 않는 행동법.)

중류 가정의 인간이라는 핸디캡이 있는데도 세이레이 학원에서 상류층 자녀를 아무렇지 않게 상대할 수 있었던 건, 분명 그 덕분이리라.

(게다가 피아노 실력도…….)

마사치카에게 피아노는 어머니와의 즐거운 나날의 중심에 있던 것이자, 어머니와의 관계가 파탄 나는 계기가 된 것이며, 어머니를 향한 애증을 상징하는 것이었다. 하지만…… 그런 피아노가 이번 선거전에서 도움이 됐다. 유쇼의 음모를 부수고, 에레나를 같은 편으로 삼을 수 있었던 것은 스오우 마사치카가 피아노 실력을 열심히 갈고닦은 덕분이다.

(아아, 그래…….)

쿠제 마사치카로서 살아온 나날을, 부정하지 않아도 된다. 잘못됐다고 생각하지 않아도 된다. 사흘 전에 아리사가 가르쳐 준 것이다.

그리고 그것은, 스오우 마사치카에게도 적용된다. 그 사실을 바로 지금, 아리사가 가르쳐 줬다.

스오우 가문의 후계자가 되기 위해, 열심히 노력했던 나날. 외할아버지의 기대에 부응하기 위해, 어머니에게 칭찬받기 위해…… 양쪽 다 가치를 잃고, 「전부 부질없는 짓이었다」며 내팽개친 나날.

(하지만…… 아랴가 인정해 줬어.)

겨우 그것만으로…… 겨우 그것만으로 이렇게 보답을 받은 느낌이 들었다. 그 나날이 헛되지 않았다는 생각이 들었다.

"……."

"어. 왜, 왜 그래?"

어느새 마사치카의 눈에서 눈물이 흘러내렸다.

아리사는 화들짝 놀라며 걱정 섞인 목소리로 그렇게 말했지만, 마사치카도 이 눈물의 의미를 알지 못했다. 어쩌면 이것은…… 스오우 마사치카의 눈물일지도 모른다.

(아아, 지금이라면…….)

어머니에게 칭찬받고 싶어 하던 과거의 자신을, 인정할 수 있을 듯한 느낌이 들었다. 어머니에게 실망했을 때, 어머니와 함께 부정해 버렸던 자신. 무가치한 것에 필사적으로 노력한 멍청이라 여기면서 비웃었던, 순진무구하던 스오우 마사치카를 말이다.

"괜찮아……?"

걱정스러운 눈길로 쳐다보면서, 아리사가 마사치카의 볼에 손을 댔다. 그 차가운 감촉을 통해, 마사치카는 자기 볼이 열기를 띠고 있다는 사실을 자각했다.

"아, 괜찮—."

평소처럼 웃으면서 얼버무리고 싶었지만…… 어째선지 말이 입에서 나오지 않았다.

(그래. 실은 쭉, 괜찮지 않았던 거야…….)

그런 자기 자신을 눈치채고 만 것이다.

"나 말이야……."

"응?"

"나……."

아리사의 상냥한 목소리에, 서툰 손길로 볼을 쓰다듬어 주는 감촉에 인도되듯…… 마사치카는 떨리는 목소리로 말했다.

"나, 정말 노력했어……."

"응……."

"어머니에게 인정받고 싶어서…… 쭉 노력했어……!"

가슴속에서 목소리를 쥐어짜 내자, 눈물이 넘쳐흘러 나왔다. 하지만 그와 동시에, 가슴속이 서서히 가벼워지는 것이 느껴지자…… 마사치카는 눈을 감았다. 아리사는 그런 그의 볼을 상냥히 어루만져줬다.

◇

"진정됐어……?"

"그래."

얼마나 시간이 흘렀을까. 눈물이 멎자, 마사치카의 마음은 놀라울 정도로 가벼워졌다.

(신기해. 이제 이 집을 봐도…… 전혀 괴롭지 않아.)

가슴 깊은 곳에 밀어놓은 쓰디쓴 추억이 자극을 받는 듯한 기분 나쁜 감각. 이 집에서 항상 자신을 맴돌던 그 감각이 지금은 깨끗하게 사라졌다.

이 모든 것은 지금 옆에 있는 소녀 덕분이기에…… 마사치카는 볼에 닿은 그녀의 손을 잡더니, 손등에 이마를 대며 그 자리에서 한쪽 무릎을 꿇었다.

"어, 마, 마사치카?!"

아리사의 손을 쥔 채, 혼란에 빠진 그녀의 얼굴을 올려다보며, 마사치카는 진지한 목소리로 말했다.

"고마워, 아랴. 아랴의 말은…… 지금의 나와, 과거의 나를 구원해 줬어. 쭉 멈춰 서 있던 나를, 앞으로 나아가게 해준 거야. 정말, 아무리 감사해도 모자랄 정도야."

마사치카의 마음에서 우러난 그 말을 들은 아리사가 눈을 치켜뜨더니…… 약간 부끄러워하는 표정을 지으며 시선을 돌렸다.

【그런 표정을 짓다니, 치사해…….】

"뭐?"

"돼, 됐어! 정말! 부끄러우니까, 빨리 일어나!"

"그, 그래……."

더는 못 참겠다는 듯 아리사가 그렇게 외치자, 마사치카는 쓴웃음을 머금으며 몸을 일으켰다.

"하지만…… 아까 한 말은 진담이야. 진짜로, 아랴에게 감사해."

"아, 응……. 나도 너한테 감사하고 있으니까, 피장파장이야."

퉁명한 목소리로 그렇게 말한 아리사는 툭하고【네 덕분에 내 세계가 넓어졌으니까……】라고 덧붙여 말했다.

"그렇구나…… 뭐, 그런 것으로 해두겠어."

멋쩍다는 듯 입술을 삐죽 내민 파트너를 향해, 마사치카는 상냥한 표정을 지으며 고개를 끄덕였다. 그리고 눈물을 훔치더니, 밝은 말투로 말을 이었다.

"그건 그렇고 말이야. 아랴한테도 전부 이야기했으니까, 생일 파티에 초대했던 사람들에게는 자초지종을 이야기하는 편이 좋을지도 모르겠는걸."

"뭐……? 아, 그러고 보니 노노아 양과 사야카 양은 너와 유키 양의 관계를 알고 있지?"

"어라? 누구한테 들었어?"

"노노아 양한테서……. 그리고…… 미안해."

"어? 왜 그래?"

아리사가 느닷없이 고개를 숙인 탓에 마사치카가 어리둥절한 표정을 짓자, 그녀는 미안한 투로 말했다.

"실은 어제 노노아 양이 나한테, 너와 스오우 집안에서 별일 없었는지 물어봐서…… 나, 네가 스오우 가문으로 돌아가려 한다는 걸 이야기하고 말았어."

"어, 어어? 그랬구나……. 뭐, 걔라면 괜히 이야기를 퍼뜨리고 다닐 리도 없으니 괜찮지만……."

마사치카 측의 사정을 아는 노노아가 걱정을 해주자, 아리사는 고민을 상담하는 느낌으로 무심코 그녀에게 말했으리라고 마사치카는 추측했다.

(어라? 걔가 남을 걱정해……?)

문뜩 위화감이 뇌리를 스쳤지만, 「걱정이 아니라 그냥 흥미를 느꼈을 뿐이겠지」라고 생각하며 넘어갔다. 하지만 마사치카가 용서를 해줬는데도, 아리사의 표정은 밝아지지 않았다.

"그건, 그렇지만…… 나, 네가 나보다 먼저 노노아 양과 사야카 양에게 비밀을 밝혔다고 생각해서…… 그 화풀이 삼아, 네 사정을 이야기해 버린 느낌이라…… 정말 미안해."

"아, 그랬구나……."

그제야 아리사가 품고 있는 미안함의 정체를 눈치챈 마

사치카는 고개를 끄덕였다.

“아냐. 그런 불만을 품는 게 당연하니까, 진짜로 신경 안 써도 돼. ……그래. 그렇게 생각하는 것도 무리는 아니네. 그래도 이 말을 해둬야겠어. 사실 노노아는 예전의 나와 만난 적이 있거든. 나는 기억 못 하는데, 피아노 발표회에서 만난 적이 있나 봐.”

“아, 그랬구나…….”

“응. 그래서 내 성이 원래 스오우라는 것과…… 눈매가 비슷하다는 이유로 나를 알아봤어. 그리고 사야카에게는 노노아가 폭로했지.”

“그렇게 된 거구나. 미안해. 나…….”

“아, 그건 진짜로 괜찮아.”

또 고개를 숙이려 하는 아리사를 말린 마사치카는 머릿속 한편으로「어라? 뭔가 깜빡한 것 같은데……」라고 생각하면서도 말을 이었다.

“그러니까, 다른 멤버에게도 나와 유키가 남매라는 걸 이야기해도 괜찮을 것 같아. 그 멤버라면, 괜히 이야기를 퍼뜨릴 것 같지도 않고…… 물론 유키와도 상의해 봐야겠지만 말이야.”

“그래……. 네가 괜찮다면, 그편이 좋을 것 같아.”

아리사는 그렇게 말한 후, 고개를 살짝 갸웃거렸다.

“하지만 이야기하더라도, 유키 양은…… 저기…….”

아리사는 말을 잇지 못했지만, 그녀가 무슨 말을 하려는 건지 눈치챈 마사치카는 손을 내저었다.

"아, 물론 본성까지는 밝힐 생각 없어. 그냥 우리가 남매라는 것만……."

"아, 그래. 그렇구나……."

"그런데…… 이참에 묻는 건데…… 아까는 괜찮았어? 십중팔구 유키에게 엄청 놀림을 당했을 것 같은데……."

볼을 한껏 부풀린 채 자신의 가슴을 두드리던 아리사를 떠올린 마사치카가 걱정 섞인 어조로 그렇게 묻자, 그녀는 체념 섞인 웃음을 흘렸다.

(아, 생각하는 걸 관둔 느낌이네.)

그게 정답이라며 고개를 끄덕이려던 순간…… 아리사가 두 손으로 마사치카의 멱살을 움켜잡았다.

"그거, 뭐야?! 저기, 대체 뭐냐 말이야!"

"어, 아직 받아들이지 못했네……. 하긴, 진짜 뭐냐 싶긴 해……."

아리사가 귀기 어린 표정으로 자신을 앞뒤로 흔들어댔지만, 마사치카는 그 심정을 뼈저리게 이해하기에 저항할 수 없었다.

"개…… 이런 말은 좀 그렇지만, 정상이 아니거든?!"

"으음~. 부정할 여지가 눈곱만큼도 없네."

실제로 여동생 모드인 유키를 보며 셀 수도 없을 만큼

「얘는 정신이 나갔어」라고 생각했던 마사치카는 반론할 수가 없었다. 이제까지 상류층 아가씨 모드만 봐 온 아리사로서는 그 엄청난 차이 탓에 더 큰 충격을 받았으리라.

그 심정을 이해하기에 아리사의 격정을 잠자코 받아주던 마사치카는…… 이윽고 아리사가 손을 멈추며 거친 숨을 내쉬자, 두 손을 들어 보이며 입을 열었다.

“아~ 내가 한마디 하자면…… 그 상태의 유키와 멀쩡히 대화를 나누려 해봤자 소용없단 거야. 걔가 전력으로 헛소리를 늘어놓을 때는 기본적으로 뇌를 안 쓰면서 기분과 기세만으로 말을 쏟아내거든. 머리에서 출력된 게 아닌 말을, 머리로 이해하려 해봤자 소용없어.”

“그러면, 어떻게 하면 되는데……?”

“걔와 마찬가지로 기분으로 답하는 건 무리일 테니까…… 익숙해지는 수밖에 없겠네.”

“익숙해질 때까지 그걸 듣고 싶진 않거든?”

“괜찮아, 괜찮아. 내 헛소리도 예전보다 능숙하게 받아넘기잖아? 충분히 할 수 있어.”

“말은 참 쉽게 하네……. 그것보다 너, 나를 휘둘러댄다는 건 자각하고 있었구나?”

“뭐…… 그래.”

슬쩍 고개를 돌린 마사치카를 노려본 아리사는 콧김을 한 번 뿜은 후에 그의 멱살을 놔줬다. 그리고 마사치카의 구겨진 와이셔츠와 흐트러진 넥타이를 보고 눈을 슬쩍 내리깔더니, 입술을 살짝 내밀면서 옷매무새를 고쳐줬다.

"뭐…… 화풀이한 건, 사과할게."

"아니, 괜찮아. 몸집도 작고 몸을 추스른 지 얼마 안 된 걔한테 직접 화를 내는 게 좀 그런 것도 이해해. 아까도 말했다시피, 걔가 저렇게 된 원인의 일부는 나한테도 있거든……."

"그래……. 그런데 이건 어떻게 매는 거야? 계속 한쪽으로 치우치네."

"아니, 모르면서 한 거야?"

"어쩔 수 없잖아. 나, 넥타이를 매본 적이 없는걸……."

"그, 그러면 그냥 관두는 게……."

"도중에 관두는 건 내 성미에 안 맞아!"

"하지만 나도 거울을 안 보면 지금 어떤 상태인지 모른다고."

시선을 최대한 아래쪽으로 내려다봤지만, 목에 맨 넥타이의 매듭은 보이지 않았다. 대신 보인 것은 인상을 쓴 채 넥타이와 싸우고 있는 아리사의 아름다운 용모였다. 깨끗하고 새하얀 피부, 긴 속눈썹 아래에 존재하는 보석 같은 눈동자. 그것을 코앞에서 본 마사치카는…… 이제 와서지만, 이 소녀 앞에서 엉엉 울었다는 것을 자각하며 어마어마한 수치심에 휩싸였다.

(실수했어…….)

게다가 넥타이를 매주고 있는 이 상황 탓에, 왠지 자신이 어린아이가 된 듯한 느낌이 든 나머지…… 마사치카는 고개를 돌렸다.

"으음…… 좋아. 이 정도면 됐지?"

바로 그때, 아리사는 넥타이에서 손을 떼더니 마사치카의 얼굴을 올려다봤다. 그리고 뭔가를 얼버무리듯 고개를 돌린 마사치카를 보더니…… 몇 번이나 눈을 깜빡인 후, 화들짝 놀란 표정으로 자기 가슴을 감싸면서 재빨리 뒤로 물러났다. 그 모습을 보고 뭔가 간과할 수 없는 누명을 쓴 게 느껴진 마사치카는 허둥지둥 입을 열었다.

"어, 잠깐만. 뭔가 오해한 거 아냐?"

"오해……?"

"안 봤어. 진짜로 안 봤다고."

"뭘?"

"그러니까, 저기…… 가슴 말이야."

"그러면 왜 죄지은 듯한, 부끄러워하는 듯한 표정으로 고개를 돌리고 있었던 건데?"

"그건……."

마사치카가 남자의 자존심 탓에 말을 잇지 못하자, 아리사의 눈빛은 점점 차가워졌다.

"변태…… 진짜로, 나를 그런 눈길로 본 거구나."

"아니, 그것도 오해거든?! 아까 유키와 나눈…… 가슴 크기 이야기를 들었나 본데, 그건 유키의 이야기에 맞춰줬을 뿐이야! 그거야말로…… 그래! 걔의 기분에 맞춰서, 입에서 나오는 대로 대답했을 뿐이라고!"

"즉, 내 가슴이 큰 편이라는 건 인정한단 거구나?"

"그건…… 아니, 실제로 큰 건 사실이잖아……."

아무리 발버둥 쳐도 자기 무덤을 파거나 성희롱을 할 수밖에 없는 상황에 처한 마사치카는 기어 들어가는 목소리로 그렇게 말하며 시선을 돌렸다.

"하지만, 진짜로, 엉큼한 눈길로 쳐다보지는 않았어……. 그리고 방금도, 네 가슴은 안 봤단 말이야……."

"흐음…… 그래. 마사치카는 노출이 심한 복장을 입어야만 에로틱하다고 생각한댔지?"

"아니, 뭐, 넵……."

더욱 고개를 돌리면서, 중얼중얼 대답하는 마사치카의…… 시야 밖에서, 아리사의 표정이 확 변했다.

"……♪"

이제까지의 차가운 표정이 싹 사라지더니, 괴롭힐 맛이 나는 상대를 발견했다는 듯 사디스틱하고 즐거운 표정을 지은 것이다. 아이러니하게도 그 표정은 아까 유키가 마음속으로 아리사를 향해 짓던 표정과 똑같았지만, 아리사는 그 사실을 까맣게 모른 채 마사치카에게 천천히 다가갔다.

"즉…… 수영복 차림인 나를 에로틱하다고 생각했단 거구나?"

"노코멘트하겠어……."

"침묵은 긍정으로 여길 거야."

"노코멘트하겠어……."

"흐음, 그래……. 그러고 보니 후야제에서 드레스를 입었을 때도, 꽤 열심히 내 가슴을 쳐다보던데…… 그때도 에로틱하다고 생각했던 거야?"

"이거, 언제까지 계속되는 거야?"

"네가 전부 솔직하게 실토할 때까지야."

"왜 실토하게 만들려는 거야?!"

"파트너가 엉큼한 눈길로 쭉 쳐다보면 여러모로 불편하거든."

이제 아리사의 목소리에서 경멸의 기색은 완전히 사라졌고, 그것을 대신하듯 즐거운 듯한 울림이 앞으로 나섰다. 마사치카 또한 그 점을 눈치챈 건지, 미간을 모으며 아리사를 쳐다봤다.

"아니, 아까도 말했다시피 항상 엉큼한 눈길로 쳐다보지는 않았어. 정말이야."

그 말은 엄연한 사실이기에 마사치카는 단호한 어조로 자신의 결백을 주장했지만…… 예상과 달리, 아리사는 머쓱해하지 않았다. 슬며시 요염한 눈길을 머금더니, 턱을 들어 올리며 질문을 던졌다.

"흐음~? 그런 것치고는 항상 내 가슴을 힐끔힐끔 쳐다보지 않았어?"

"그건…… 남자의 본능이거든."

"그렇구나. 그러면 엉큼한 눈길로 본 것은 아니네?"

"당연하잖아."

"그렇구나."

마사치카의 단호한 대답에 전혀 납득 못 한 투로 대꾸한 아리사는 교차시킨 두 팔을 가슴 아래에 대더니, 보란 듯이 어깨를 으쓱했다. 그러자 아래편에서 들린 멋진 가슴이 당당히 존재감을 어필했다.

"……."

"방금, 틀림없이 눈을 치켜떴거든?"

"아니, 이건 너무 치사한 짓 아냐?"

"뭐가? 노출만 안 하면 그렇고 그런 눈길로 쳐다보지 않는다며?"

"알면서 이러는 거지? 그리고 눈을 치켜뜬 건 놀라서지, 딱히 엉큼한 눈길로 쳐다본 게 아니라고."

거기까지 말한 마사치카는 크게 한숨을 내쉬더니, 일부러 지친 표정을 지으며 말했다.

"그리고, 너는 왜 가끔 이렇게 공격적인 건데?"

"공격적이라니?"

"아니, 그러니까…… 후야제 때의 그거라든가……."

"그거?"

"그러니까…… 너, 알면서 모르는 척하는 거지?!"

아리사가 노골적으로 시치미를 떼자, 마사치카는 무심코 고함을 질렀다. 그러자 아리사는 의아하다는 듯이 몸을 앞으로 숙였고, 왼팔을 가슴 아래편에 둔 채, 오른손으로…… 와이셔츠의 세 번째 단추를 푼 후에 옷을 옆으로 확 잡아당겼다.

"이거 말이야……?"

"너어어어엇?!"

와이셔츠 사이로, 풍만한 가슴이 밀착되면서 생겨난 가슴골과…… 물빛 속옷이 언뜻 보이자, 마사치카의 시선은 그곳에 완전히 못 박히고 말았다.

"어머, 확실히 티 날 정도로 눈빛이 달라지네."

하지만 아리사의 유쾌한 목소리를 듣고 퍼뜩 정신을 차린 마사치카는 이성을 총동원해서 억지로 거기서 시선을 뗀 후, 비명 섞인 목소리로 외쳤다.

"그, 그러니까! 너는 왜 갑자기 이런 짓을 하는 건데?!"

"네 반응이 참 귀여워서……?"

"너, 너, 인마……. 육탄 공세가 너무 지나친 거 아냐?"

상대방의 술수에 넘어가 동요한 마사치카는 이를 악물면서 두 손으로 머리를 쥐어뜯더니, 그대로 목소리를 쥐어짜

냈다.

“이건 진심으로 하는 말인데, 남자한테 이런 짓 하지 마……!”

“왜?”

“이래선, 무슨 짓을 당해도 불평 못 한다고.”

내뱉듯이 그렇게 말한 마사치카는 아리사를 날카롭게 노려봤다. 하지만 아리사는 동요하기는커녕, 다시 팔짱을 끼면서 어깨를 으쓱했다.

“어머, 만지고 싶은 거야?”

“……?!”

“정 만지고 싶으면, 만져도 돼.”

아래편에서 가슴을 들어 올린 바람에 와이셔츠의 틈새가 벌어지더니, 매혹적인 가슴골이 모습을 보였다.

“단…… 만지고 싶다고, 솔직하게 말한다면 말이지.”

도발적으로, 고혹적으로 아리사는 웃었다.

항상 봐서 눈에 익은, 아리사의 교복 차림. 그 붉은 리본 아래 있는, 아리사의 풍만한 가슴에 나타난 가슴골이 언뜻언뜻 보인다고 하는 비현실적인 상황으로 인해 마사치카는 머릿속이 정지됐다.

그렇게 정지된 머릿속에, 아리사가 약간 부끄러운 투로 말한 러시아어가 흘러들어왔다.

【끼울 수 있는지 없는지…… 확인해 볼래?】

(으으~!)

아리사의 입에서 폭탄 발언이 튀어나오자, 마사치카의 머릿속이 그대로 끓어올랐고—.

(인마아아!! 너, 뭘 끼우는 건지 모르는 거지?!)

아마 「주무르다」, 「움켜쥐다」 다음에 「끼운다」가 나왔으니, 손으로 착각하고 있는 것이리라. 거기까지 눈치챈 것과…… 동시에 「이렇게 순수한 여자애한테 무슨 짓을 할 수 있겠냐고!」란 이성의 목소리가 머릿속에 울려 퍼진 마사치카는 손톱이 손바닥에 파고들 정도로 주먹을 세게 움켜쥐었다.

"크으, 윽……."

고통을 참는 목소리를 내면서 필사적으로 고개를 숙인 마사치카는 자신의 발치를 쳐다봤다. 그리고 피를 토하는 목소리로 선언했다.

"만지고 싶어. 하지만, 만지지 않을 거야……. 나, 나는 신사니까……!"

할복이라도 하고 있냐는 태클을 걸고 싶을 만큼 고통스러운 표정을 짓고 있는 마사치카를 본 아리사는 눈을 몇 번 깜빡인 후에 슬며시 웃음을 터뜨렸다.

"어머, 그래~? 그런 필사적인 표정을 짓고 있으면서 신사는 무슨 신사냐 싶은데 말이야."

"욕망에게 이긴 시점에서, 남자는 신사거든……."

"후훗. 그래……. 확실히, 너는 신사야."

"저기…… 그런 말은 됐으니까 빨리 단추를 채워주지 않겠어?"

"응~?"

마사치카 고개를 숙인 채 애원하자, 아리사는 상체를 기울이며 그의 얼굴을 들여다봤다. 그리고 씨익 웃으면서 말했다.

"그러면, 넥타이를 고쳐 매준 답례로…… 네가 단추를 채워주지 않겠어?"

"뭐, 라고……!"

"신사라면, 단추 정도는 아무렇지 않게 채워줄 수 있잖아?"

즐거운 목소리로 그렇게 말하면서 몸을 일으킨 아리사는 두 손을 등 뒤로 돌렸다. 직접 단추를 채울 생각이 없다는 듯한 그 자세를 본 마사치카는 말문이 막히고 말았다.

(뭐, 진심이야?)

무심코 아리사의 얼굴을 뚫어지게 쳐다보니, 그녀는 즐거운 듯 웃고 있었기에…… 마사치카는 혼란에 빠졌다.

(아니, 아무리 생각해도 이건 너무 심하잖아!! 뭐야, 대체 어떻게 된 건데?! 너, 평소의 결벽증은 어디에 팔아먹었어?! 유키에게 영향이라도 받은 거냐?!)

설마 보란 듯이 마사치카와 스킨십을 나누던 유키에게 경쟁심을 불태우고 있는 것일까. 아무리 그래도 정도가 있지 싶은데…… 거기까지 생각한 마사치카는 퍼뜩 눈치챘다.

(아니, 경쟁심이 아니라…… 화풀이일까? 유키에게 놀림 받은 것에 대한 화풀이 말이야.)

거침없는 유키에게 일방적으로 놀림을 당하고, 장난감 취급을 받은…… 그 스트레스를, 무의식적으로 마사치카에게 풀고 있는 것일까? 생각해 보니, 아리사 또한 아까 「정신 나갈 것 같아……」라고 말했었다.

(그래. 유키에게 놀림을 받은 만큼, 나를 놀리는 것뿐이구나…….)

그렇게 납득하면서 머릿속의 열기가 가신 마사치카는 연민에 찬 표정으로 아리사의 어깨에 손을 얹더니, 상냥한 목소리로 말했다.

"아랴, 너는 지친 거야……."

"왜 갑자기 의사 선생님 같은 반응을 보이는 건데……?"

갑자기 신사에서 의사로 직업을 바꾼 마사치카를 본 아리사는 약간 흥이 가신 듯한 표정을 지었다. 하지만 마사치카는 안타까운 눈길을 머금은 채 고개를 좌우로 저었다.

"아니, 걱정하지 말렴. 나는 다 안단다."

"말투가 참 기분 나쁘네……."

수상쩍은 말투로 타이르듯 말하는 마사치카를 도끼눈으로 노려본 아리사는 등 뒤로 돌린 손을 가슴 언저리로 가져갔다.

"그래, 단추를 채워줘. 여자애니까 몸을 따뜻하게 해야지……."

드디어 아리사가 정신을 차렸다고 생각한 마사치카가 마음속으로 안도한…… 것도 잠시에 불과했다. 아리사는 빙긋 웃으면서…….

"빨리 안 채우면…… 채워야 할 단추가 늘어날걸?"

아니나 다를까, 내부에서의 압력 탓에 떨어져 나갈 듯한 두 번째 단추를 향해 손을 뻗었다. 추격타를 맞은 마사치카는 눈알이 튀어나올 듯한 표정으로 몸을 뒤편으로 젖혔다. 그 반응을 본 아리사는 고혹적인 미소를 머금더니, 천천히 단추를 풀—.

"철컥, 맨들맨들 처녀 주제에 우쭐대지 말라고!! 터엉!"

……왠지 문 쪽에서 갑자기 흉탄이 날아왔다. 게다가 쏜 후에 바로 도망쳤다.

""…….""

마사치카와 아리사는 무심코 정색하며, 열렸다 닫힌 문을 응시했다.

"방금 그건 뭐야……?"

"글쎄……. 대체 뭘까."

얼이 나간 채 그렇게 말한 아리사는 그제야 무슨 말을 들은 건지 이해한 것 같았다. 그리고 두 손을 꽉 모아 쥐더니, 눈을 치켜뜨며 다급한 목소리로 말했다.

"어, 아……? 처……? 처녀라고 한 거야? 어, 맨들맨들은 무슨 소리지……?"

여러 의미에서 동요하고만 아리사를 일단 내버려둔 마사치카는 입구로 가서 문을 열고 복도를 확인했다. 하지만 여동생의 모습은 보이지 않았다.

"확실히 나는 ……지만, 왜…… 아니, 어디까지 들은…… 어, 애초에 나는 뭘…… 이, 이런, 변태, 같은……?!"

뒤를 돌아보니, 아리사가 갑자기 정신을 차린 것 같았다. 얼굴이 점점 빨개지는 그 모습을 응시하면서…… 아무래도 자신이 여기 있지 않는 게 좋겠다고 판단한 마사치카는 상냥한 목소리로 이렇게 말했다.

"푹 쉬어."

마사치카는 그렇게 말하며 문을 닫은 후, 한숨을 내쉬었다.

(살았다……. 아니, 동생이 살려줬다는 표현이 옳을까?)

자문자답하면서 가볍게 고개를 갸웃거린 후, 마사치카는 유키의 방으로 향했다. 노크를 하고 대답을 들은 후에 안에 들어가 보니, 유키는 도전자를 기다리는 최종 보스처럼 의자 위에 서서 당당한 미소를 머금고 있었다.

"호오? 아랴 양은 어쩌고 여기 온 거지? 마이 브라더."

"인마……. 아까 그건 대체 뭐야?"

"뭐가?"

"맨들맨들이 무슨 소리인데……. 애초에 어떻게 방 안의 대화를 듣고 있었던 거야?"

"어떻게 들었냐면……."

유키는 옆에 있는 테이블에 놓인 컵을 들더니, 그것을 수평으로 들면서 바닥 부분을 자기 귀에 댔다.

"이런 식으로 문에 컵을 댔지."

"되게 고전적인 방식이네. 어, 그러면 진짜로 들리는 거야?"

"아니, 실은…… 왠지 오빠가 허둥대고 아랴 양이 기뻐하는 것 같은…… 아랴 양이 우쭐대며 폭주 중이라고 생각했어."

"기척 감지 능력이 어마어마하구나……."

"훗. 나는 러브 코미디의 파동을 감지할 수 있는, 바보털 센서를 가지고 있거든……."

"흐음, 그래~."

유키가 자기 머리카락을 손가락으로 가리키면서 바보 같은 소리를 늘어놓자, 매몰찬 반응을 보이던 마사치카는 장난스러운 태도를 관두며 어깨를 으쓱했다.

"그러니 어디서부터 듣고 있었냐고 묻는다면, 아무것도 들리지 않았다고 대답할 수밖에 없으려나? 그리고 맨들맨들이 무슨 소리인지 물었지? 그건 왠지 아랴 양은 거기도 본 적 없는 순수 100퍼센트 처녀 같다는 생각이 들어서, 반사적으로……."

“거기 같은 말 입에 담지 마. 네가 무슨 초등학생이냐.”

“아, 참고로 특정 부위에 털이 안 났다는 의미의 맨들맨들은―.”

“잠이나 자.”

재빨리 접근해서 유키의 손에서 컵을 빼앗은 마사치카는 공주님 안기로 침대에 옮긴 후에 상냥히 이불을 덮어줬다.

“쿨~.”

“좋아, 잠들었는걸.”

마사치카가 만족한 듯이 고개를 끄덕인 타이밍에 노크 소리가 들려오더니, 조그마한 물통을 손에 쥔 아야노가 안으로 들어왔다.

“마사치카 님……?”

아리사와 같이 있으리라고 생각한 것이리라. 의아하다는 듯이 고개를 갸웃거리고 있는 아야노에게, 마사치카는 작은 목소리로 말을 건넸다.

“(뒷일을 부탁해. 그리고…….)”

마사치카는 바로 말을 잇지 못하며 머뭇거렸다. 하지만 곧 각오를 다지더니, 아야노의 눈을 똑바로 응시하며 물었다.

“(어머니가 어디 있는지 알아?)”

“(유미 님 말입니까……? 유미 님이시라면, 방에 계시지 않을까요…….)”

“(그래. 고마워.)”

“(아…… 그리고 할머님께서 괜찮다면 저녁을 드시고 가지 않겠는지 물어봐 달라고 하셨습니다. 아리사 양과 함께 말입니다…….)”

“(아니, 그건 사양할게. 아랴도 집에 가서 밥 먹을 생각일 거야.)”

“(알겠습니다.)”

“…….”

고개를 숙이는 아야노의 표정을, 마사치카는 가만히 응시했다.

“(왜 그러십니까?)”

“(아야노…… 무슨 일…… 있었어?)”

“(아뇨, 딱히 아무 일도 없습니다만…….)”

“(그래?)”

왠지 아까는 평소와 달라 보였지만, 기분 탓으로 치부할 수 있는 레벨이었기에 마사치카는 일단 납득했다.

“(무슨 일 있다면, 나나 유키한테 언제든 말해. 알았지?)”

“(네, 감사합니다.)”

“(응…….)”

아야노의 머리를 두드려준 후, 마사치카는 방을 나섰다.

“좋아…….”

그리고 그렇게 말하며 결의를 다진 후, 어머니의 방으로 향했다.

◇

"마사치카…… 진심이니?"

피아노 방. 그곳에 놓여 있는 그랜드 피아노의 덮개를 여는 마사치카를, 유미는 방 입구에서 쳐다보고 있었다.

마치 다가가는 것조차 두려운 것처럼, 하지만 도망칠 수도 없는 것처럼, 유미는 그 자리에서 꼼짝도 하지 않았다. 그런 어머니를 힐끔 쳐다본 마사치카는 건반을 향해 시선을 돌리면서 입을 열었다.

"나 말이지? 사실 피아노를 그렇게 좋아하진 않았어."

"……!"

유미가 눈을 치켜뜨는 기척이 느껴졌지만, 그래도 마사치카는 그녀를 쳐다보지 않으며 말을 이었다.

"뭐, 피아노만이 아니라…… 이 집에서 뭔가를 배우면서 좋다거나 즐겁다는 생각을 한 기억은 없어."

듣기에 따라서는 비아냥거림처럼 들릴 수도 있는 말을, 마사치카는 부정적인 감정을 담지 않으며 담담하게 말했다. 그 말을, 유미는 조용히 듣고 있었다.

"하지만 얼마 전…… 학교에서 밴드 동료와 돌발적으로 세션? 같은 걸 했어. 그때, 나도 잘 모르겠지만 즐겁다는 생각이 들어서…… 나는 그게 처음으로 음악을 즐긴 경험이라고 생각했는데……."

옛날과 변함없는 피아노 방 안을 둘러본 마사치카는 작게 웃음을 흘렸다. 그 눈에는 이제 고통이 어려 있지 않았으며, 그저 과거를 추억하는 애틋함과 훈훈함만이 담겨 있었다.

"생각났어……. 먼~ 옛날 일이야. 나와 유키가 정말 어렸을 때…… 아마 피아노 선생님에게 피아노를 배우기 전이었을 것 같은데…… 어머니와 함께 피아노를 연주한 적이 있어. 뭐, 그걸『연주』라고 말해도 될지는 모르겠지만 말이지."

오히려 어머니의 연주를 남매가 훼방 놨을 뿐이라는 생각도 들었다.

그 시절부터 장난꾸러기였던 유키가 어머니의 연주에 끼어들어 저음을 쾅쾅~ 냈고, 마사치카 또한 추임새라 할 수 있을지 수상한 고음을 팅팅~ 냈다. 자식들이 방해하는데도, 어머니는 상냥히 웃으면서 즉흥적으로 하모니를 이뤄줬다.

"아무 생각 없이 건반을 눌렀을 뿐이지만…… 그래도 나는 그 시간이 참 즐거웠어."

피아노의 기초도 모르고, 곡을 연주한다는 발상도 못 했다. 그저 피아노를 통해 어머니, 여동생과 함께 노는 시간이었다. 바로 그때, 마사치카는 피아노를 즐겼다. 피아노를 좋아했다.

그 마음을 어머니에게 전했다.

"나…… 어머니의 피아노를 진짜로 좋아했어."

마사치카가 그렇게 말하자, 유미는 눈을 치켜떴다. 그 눈동자를 응시하며, 마사치카는 진지하게 부탁했다.

"그러니까…… 연주해 주지 않겠어?"

그러면, 떠올릴 수 있을 것 같은 느낌이 들었다. 피아노를 본격적으로 배우기 시작하고, 능숙하게 칠 수 있게 되면서 잃게 된…… 목적 따위 없더라도, 순수하게 피아노를 즐기던 그 마음을. 그리고…… 어머니를 좋아했던, 스오우 마사치카의 마음을 말이다.

"한 번이면 돼. 부탁이야. 연주해 주면 안 돼?"

말없이 아들과 시선을 마주한 유미는…… 한순간 시선을 돌릴 뻔 했지만 그 대신 눈을 감은 후, 다시 마사치카를 응시했다.

"그래……."

그리고, 유미는 피아노 방 안으로 발을 들이더니—.

◇

느닷없이 스오우 가문의 저택에, 피아노 음색이 울려 퍼졌다.

침대 옆에서 유키를 지켜보고 있던 아야노는 고개를 들더니, 그 음색을 자아내고 있는 이가 유미라는 것을 눈치채고 「왜 이 타이밍에……?」라는 생각을 마음속으로 하며 고개를 갸웃거렸다.

하지만 그 연주에 새로운 소리가 더해지자, 아야노는 눈을 치켜떴다.

"어……."

자기도 모르게, 경악으로 가득 찬 목소리가 입에서 흘러나왔다.

처음 들려온 연주와는 음색이 명백하게 달랐다. 그 음색은 아야노도 익히 아는 것이지만…… 아야노가 떠올린 이 음색의 주인치고는 꽤 미흡한 연주처럼 들렸다. 하지만…….

(아아…….)

딱히 잘 치려는 의지가 느껴지지 않았고, 실제로도 잘 치는 게 아니며, 그저 소리를 내고 있을 뿐인 연주였다. 하지만 그 연주는 아야노의 가슴을 크게 흔들었다.

(아아, 아아……!)

아야노는 눈을 감더니, 치마 앞에 둔 손을 꼭 말아 쥐며 고개를 숙였다. 그런 그녀의 앞에서…… 침대에 누워 있는 유키가 조용히 미소를 머금었다.

제 5 화 대폭로 대회, 개최

다음 날 방과 후. 학생회실에는 학생회 멤버 말고도 타케시, 히카루, 사야카, 노노아가 모여 있었다. 즉, 아리사의 생일 파티에 참여한 멤버 전원이 모인 것이다.

긴 책상을 둘러볼 수 있는 위치에 선 마사치카는 이 자리에 모인 이들을 다시 차례차례 쳐다봤다.

평소처럼 상석에는 이제부터 벌어질 일에 대한 흥미와 걱정이 반씩 섞인 표정을 짓고 있는 토우야가 앉아 있었다. 그리고 항상 앉던 자리에 앉은 치사키는 학생회실에 온 네 명의 손님…… 특히 노노아에게 뭔가를 확인하려는 듯한 시선을 보내고 있었다. 마리야는 평소와 다름없이 즐거운 표정으로 이 자리에 있는 모든 이들에게 홍차를 대접하고 있었다. 그리고 아리사의 자리에는 타케시가 안절부절 못 하며 앉아 있었고, 마사치카의 자리에는 히카루가 불편한 듯이 앉아 있었다. 유키의 자리에는 사야카가 차분한 태도로 단정히 앉아 있었으며, 아야노의 자리에 앉은 노노아는 태연히 턱을 괴고 있었다.

그들을 둘러본 후에 좌우에 선 유키와 아리사에게도 눈

짓을 보낸 마사치카는 입을 뗐다. 참고로 아야노는 벽 근처에서 서서 공기가 되어 있었다.

"으음~. 바쁘신 와중에 이렇게 모여주신 여러분…… 이하 생략."

"아니, 인사말을 생략하면 안 되잖아."

"자, 타케시한테서 태클을 들었으니 바로 본론에 들어가도록 할까요. 오늘 여러분에게 이렇게 모여 달라고 부탁드린 건……."

마사치카는 오른편에 서 있는 아리사를 쳐다보며 말을 이었다.

"일전에 아랴의 생일 파티가 도중에 중단된 건에 대한 자세한 설명과…… 그 일과 깊이 연관된, 저와 유키의 비밀을 이야기해 드리기 위해서입니다."

"비밀……?"

치사키가 의아한 표정을 짓는 한편으로 노노아는 뭔가를 눈치챈 것처럼 눈을 치켜떴고, 마리야와 사야카는 조용히 마사치카를 응시했다. 그리고 남성 세 명의 의문에 찬 시선을 받으면서, 결의를 다진 마사치카는 입을 열었—.

"사실—."

"사실 저희는, 부모님이 같은 친남매랍니다♡"

"크흑."

오빠의 말을 끊으며 끼어든 유키가 마사치카의 팔을 꼭

끌어안으며 그렇게 선언했다. 그 뒤를 이어, 기묘한 소리가 들려왔다.

“““““……”””””

폭탄을 투하한 쪽도, 당한 쪽도, 방금 들려온 기묘한 소리의 발생지— 사야카를 쳐다봤다. 그러자 사야카는 손으로 입을 가리더니, 고개를 숙여서 표정을 감췄다.

(재채기한 걸까……?)

그렇게 추측한 마사치카는 왼팔을 끌어안은 유키와 시선을 마주하더니, 동시에 고개를 갸웃거렸다.

“크흑, 존귀해.”

바로 그때, 또 기묘한 소리가 들려왔다. 또 말없이 고개를 돌려보니, 고개를 숙인 채 몸을 부들부들 떨면서 핏발선 눈으로 쳐다보고 있는 사야카와 눈이 마주쳤다. 무섭다. 꽤~ 무섭다.

“으, 음. 응? 어, 남매? 남매?!”

하지만 바로 그때, 가장 먼저 정보를 받아들인 히카루가 깜짝 놀란 목소리로 그렇게 말한 덕분에 다른 이들도 화들짝 놀라며 마사치카와 유키를 쳐다봤다. 그리고 가장 먼저 타케시가 벌떡 일어나더니, 동요한 목소리로 외쳤다.

“너, 너희들, 아니, 두 사람이 나을까. 아무튼, 소꿉친구가 아니라 남매였어?!”

무심결에 유키까지 「너희들」이라고 부른 타케시는 마사

치카를 향해 몸을 쑥 내밀었다.

“어떻게 된 거야?”

“친남매……? 어, 성이 다른데? 아, 부모님이 이혼해서…….”

히카루와 타케시가 먼저 반응을 보여서 그런지, 아니면 연장자의 여유인지는 모르겠지만 토우야와 치사키는 꽤 차분한 태도로 의문을 입에 담았다. 한편, 여전히 혼란스러운 듯한 타케시는 머리를 감싸 쥔 채 말을 늘어놨다.

“나, 남매? 어, 남매라면…… 어? 농담이— 아닌 거지? 마사치카는 몰라도 스오우 양이 그런 농담을 할 리가 없으니까…… 아니, 그러면 왜 소꿉친구라고 말한 거야? 어라? 소꿉친구라고 말했었지?”

“진정해, 타케시. 다 설명할 테니까, 일단 자리에 앉아.”

“어라? 누가 더 나이가 많은 거야? 아니면 쌍둥이? 아, 그건 아니겠네. 하나도 안 닮았으니까…….”

“자, 일단 앉아봐.”

의문을 입 밖으로 계속 내뱉는 타케시를 어찌어찌 진정시켜서 자리에 앉힌 후, 마사치카는 다시 설명을—.

“언제까지 매달려 있을 건데?”

“꺄아♡”

왼팔을 끌어안고 있는 유키를 떨쳐낸 마사치카는 동생의 귀여운 비명을 무시하며 가볍게 헛기침했다.

"으음, 제가 오빠이고 얘가 동생인데…… 간단히 설명하자면, 저는 어릴 적에 스오우 가문에서 나왔어요……. 실질적으로 의절한 상태라서, 스오우 가문에서는 저란 인간을 없었던 것처럼 여기고 있어요."

"없었던 것처럼 여긴다니……."

타케시가 얼이 나간 듯한 목소리로 그렇게 중얼거리는 것과 동시에 히카루와 치사키는 미간을 찌푸렸고, 토우야와 마리야의 눈썹이 흔들렸다. 그들의 반응을 개의치 않으면서, 마사치카는 말을 이어갔다.

"그래서 대외적으로는 유키와도 타인으로 지내게 되었고…… 그래서 소꿉친구 사이라 말하고 다닌 거죠. 가문의 뜻이라 어쩔 수 없었다고는 해도, 여러분을 속여서 정말 죄송합니다."

"저도 같이 사과드리겠어요."

그렇게 말하면서 마사치카와 유키…… 그리고 아야노가 고개를 숙이자, 타케시와 히카루는 허둥지둥 입을 열었다.

"어, 아니, 그런 이유라면 어쩔 수 없지 않아? 응, 어쩔 수 없지? 그러니 사과할 필요는? 없긴, 한데……."

"어른의 사정이란 거지……? 그렇다면 어쩔 수 없지 않으려나?"

아직 상황을 제대로 받아들이지 못했지만, 두 사람은 개의치 않는다는 투로 그렇게 말했다. 토우야와 치사키 또한, 굳은 표정으로 그 말에 동의했다.

"그래. 가문의 뜻이라면…… 하지만, 남매? 남매……."

"으음……. 그런데, 왜 이 타이밍에 밝힌 거야?"

치사키가 그렇게 묻자, 마사치카는 고개를 들며 대답했다.

"으음. 방금 설명한 것처럼 저는 실질적으로 의절 상태이며, 몇 년 동안 스오우 가문에 돌아가지 않았는데…… 아랴의 생일 파티 때, 독감에 걸린 유키의 병문안을 갈지 말지 고민하는 제 등을 아랴가 밀어줬어요. 아, 유키가 여동생이란 것은 그때 아랴에게 말했고요."

"아~ 그랬구나. 그리고 아랴에게 말해줬으니, 이 기회에 다른 멤버에게도 이야기해 두기로 한 거네?"

"네, 뭐…… 그런 느낌이에요. 즉, 아랴가 용기를 내지 못하는 제 등을 밀어준 거고, 파티의 주역이 도중에 빠진 건 제 탓……."

"뭐, 그 일은 신경 안 쓰니까 너희도 신경 쓰지 마. 하지만, 그런 이유가……."

토우야가 팔짱을 끼며 낮은 신음을 흘리자, 다른 이들도 이해한다는 반응을 보이는 가운데…… 치사키가 갑자기 마리야 쪽을 쳐다봤다.

"그런데 마샤는 아까부터 딱히 놀라지 않는 것 같던데, 혹시 알고 있었던 거야?"

그렇게 물으면서 「아랴한테서 미리 들은 거야?」란 추측이 담긴 시선을 아리사에게 보냈다. 하지만 아리사는 그러지 않았기에, 고개를 좌우로 저으면서 미심쩍음과 의문이 담긴 시선을 언니에게 보냈다. 덩달아 토우야와 유키도 의아한 시선을 마리야에게 보내는 가운데…… 마사치카는 자기 얼굴에서 핏기가 가시는 것을 느꼈다.

(아차! 사정 설명에 정신이 팔린 나머지, 이렇게 될 수도 있다는 걸 전혀 생각 못 했어! 그래, 마샤 씨는 알고 있었잖아!)

마리야가 마사치카와 유키의 남매 관계를 알고 있는 건, 마리야와 마사치카가 어린 시절에 알던 사이라서다. 이대로 가다간 고구마 줄기 당기듯 그 관계까지 다 들킬지도 모른다고 생각한 마사치카는 마음속으로 허둥댔지만…… 당사자인 마리야는 딱히 동요하지 않으면서 평소처럼 부드러운 미소를 머금었다.

"으음~ 그냥? 쿠제와 유키를 보고 있으니, 왠지~ 남매 같다 싶었어~. 그런 분위기가 느껴지더라니까~."

"아니, 그건 또 무슨 분위기야."

"으음~ 그래…… 참 잘 통하고 신뢰하고 있지만, 연인 관계 같은 분위기는 전혀 없다? 굳이 따지자면 가족 같았어. 그래서 유심히 보니 눈매가 쏙 빼닮았더라고. 그래서 어쩌면 진짜로 가족일지도 모르겠다고 생각했어~."

"무슨 그런 추리가 다 있어……. 그래도 유심히 보니 눈매가 닮기는 했네…….”

약간 질린 듯한 표정을 짓고 있던 치사키는 마리야가 엉뚱한 소리를 늘어놓는 게 하루이틀 일이 아니라서 그런지, 그 발언 자체를 의심하지는 않았다.

“어, 닮았다고요? 정말인가요?”

“듣고 보니…… 닮은 것 같기도 하네?”

“으음……?”

그것은 마사치카와 유키를 번갈아 쳐다보며 미간을 찌푸리고 있던 남자들과…….

“어떻게 그런 거로 눈치챈 거야…….”

“분위기로 간파할 줄은 몰랐어요…….”

아리사와 유키도 마찬가지인 것 같았기에, 마사치카는 마음속으로 안도의 한숨을 내쉬었지만…….

“그리고, 쿠젯찌는 마리링 선배가 눈치챘다는 건 알고 있었구나?”

의문이란 형태로 확인을 요구하는 목소리가 느닷없이 들려오자, 마사치카는 한순간 숨을 멈췄다.

“어…… 그래?”

오른편에 있는 아리사가 의심으로 가득 찬 눈길로 마사치카를 쳐다봤다. 유키와 사야카를 비롯한 다른 이들도 마찬가지였다. 그것을 느낀 마사치카는 자신을 가만히 응시하는 노노아의 눈을 똑바로 바라보며, 엄청난 속도로 머리를 굴렸다.

(어째서 들킨— 아니, 내가 마샤 씨의 발언에 반응을 보이지 않아서일까. 젠장, 너무 부주의했어! 정신을 어디 팔고 있는 거냐고! 어쩌지? 시치미를 뗄까? 아니, 바로 반응하지 않았으니 이 방법은 안 통할 거야. 게다가 찔리는 구석이 있다고 실토하는 것이나 마찬가지—.)

어금니를 깨문 마사치카는 어쩔 수 없다는 듯이 고개를 끄덕였다.

"그래. 전에 은근슬쩍 『두 사람은 가족이야?』란 질문을 받았거든……. 너무 자연스럽게 물으니까 얼버무리지 못해서…… 뭐, 너 때와 마찬가지야."

"아~ 그랬구나."

노노아는 이해했다는 듯이 고개를 끄덕이더니, 나른한 눈길로 마사치카를 응시했다.

"그런데, 마리링 선배에게 들켰는데도 아릿사한테 말 안 한 거야? 나와 사얏찌에게 들켰을 때, 이야기한 줄 알았어."

"어, 두 사람도 알고 있었어?"

"응. 뭐~ 나는 옛날에 쿠젯찌와 만난 적이 있거든. 성이 스오우였던 시절의 쿠젯찌와 말이야. 그리고 사얏찌는 나한테 들었어."

"맙소사……."

타케시는 노노아의 설명을 듣고 이해하면서도, 어딘가

석연치 않은 표정을 지었다. 그 표정이 오랫동안 알고 지낸 자신과 히카루보다도 노노아와 사야카가 그 사실을 먼저 알았다는 것에 대한 불만에서 비롯됐다는 것은 마사치카도 짐작이 됐다. 그도 그럴 것이, 바로 옆에서 노골적으로 불만을 드러내고 있는 소녀가 있으니 말이다.

【뭐야, 정말.】

러시아어를 알아들을 것도 없었다. 언니가 자기보다 먼저 마사치카의 비밀을 알고 있었다는 사실에 강렬한 불만을 표시하고 있다. 그것을 확연하게 느끼면서, 마사치카는 타케시에게…… 실제로는 아리사에게 변명했다.

"이 말만은 해두고 싶은데…… 내가 직접 이 비밀을 밝힌 사람은 아랴가 처음이야. 노노아한테는 평범하게 들켰고, 마샤 씨한테는 이상하게 들켰으니까 어쩔 수 없이 인정했을 뿐…… 아니, 마샤 씨에게 들킨 건 방금까지 까맣게 잊고 있었어."

"오라버니는 저희 관계를 남에게 밝히는 것을 할아버지에게 금지당했으니까요……. 그건 그렇고, 두 번이나 간파당한 건 놀라워요. 역시 저희의 남매애는 숨긴다고 해서 숨겨지는 게 아닌 것 같군요. 안 그래요? 오라버니."

이마를 손으로 짚으면서 안타깝다는 듯이 그렇게 말한 유키는 또 마사치카의 팔을 끌어안으며 몸을 밀착시켰다.

"흐읍!"

"자~. 사얏찌는 진정해~. 아, 신경 쓰지 마~. 좀 열성 팬일 뿐이거든."

또 기묘한 소리가 들려왔기에 다들 고개를 돌려보니, 노노아가 손으로 사야카의 얼굴을 감추면서 그렇게 말했다. 그 말에 다들 「열성팬……?」이라고 중얼거리며 고개를 갸웃거렸지만, 다시 시선을 돌렸다. 그리고 마사치카의 어깨에 볼을 비비고 있는 유키를 본 치사키는 질린·듯한 미소를 지으면서 말했다.

"유키…… 캐릭터가 좀 달라진 것 아냐? 어, 유키는 쿠제—오빠 상대로 항상 그런 느낌이었어?"

"네, 실은 그렇답니다. 저는 오라버니를 참 좋아하니까요."

"흐, 흐음~. 그렇구나."

유키가 멋진 미소를 지으며 브라콤 선언을 하자, 치사키는 살짝 질린 듯한 웃음을 흘렸다. 한편, 아리사는 「사실 이 정도는 약과예요……」라고 말하는 듯한 눈길을 치사키에게 보냈지만, 누구도 그것을 눈치채지 못했다.

"으음, 저기, 뭐랄까……."

"하, 하하하……."

히카루는 어떤 반응을 보이면 좋을지 모르겠다는 듯, 헛웃음을 흘리며 볼을 긁적였다. 타케시 또한 메마른 웃음을 흘렸다. 그리고 토우야는 고개를 갸웃거리며 끄덕인다고 하는 괴상한 행동을 취했다.

"뭐, 응. 이제까지의 태도를 생각하면 말 안 해도 알겠지만, 학교 안에서는 적당히 해. 알았지?"

"아니, 회장님. 저희가 사적인 자리에서는 항상 꽁냥거린다고 여기는 거라면, 좀 유감인데 말이죠."

불온한 분위기를 바꾸려고 일부러 이런 태도를 취하는 여동생의 의도를 눈치챘으면서도, 마사치카는 유키를 다시 떨쳐냈다. 또한 아리사가 「얘가 무슨 소리를 하는 거야?」라고 말하는 듯한, 상대방이 제정신인지 의심하는 듯한 눈길로 마사치카를 쳐다보고 있었지만, 역시 누구도 그것을 눈치채지 못했다. 하지만 마사치카만은 그것을 감지했기에, 헛기침으로 얼버무렸다.

"으음, 아무튼 말이죠……. 저희가 남매라는 걸 아는 사람이 늘어났으니까, 더 숨기는 것도 도의에서 벗어난 일이다 싶었어요. 여러분이라면 신뢰할 수 있다고 생각해서, 저희의 사정을 밝힌 거니…… 부디, 함부로 발설하지는 말아주세요. 스오우 가문의 내부적인 일과 얽힌 이야기니까요."

『도의』, 『신뢰』 같은 단어를 입에 담으면서 마사치카가 그렇게 부탁하자, 토우야와 치사키는 표정을 굳히며 고개를 끄덕였다.

"그래, 안심해. 너희의 관계는 가슴속에 숨겨두겠다고 약속하겠어."

"나만 믿어! 내가 증인이 되어줄게! 만약 누군가가 이 일을 퍼뜨린다면, 그에 걸맞은 대가를 치르게 해줄 거야! 아, 혈서라도 쓸까?"

"감사합니다……. 아, 그래도 대가라든가 혈서 같은 건 좀…… 다들 소중한 친구니까요. 네? 그리 말해주니 믿음직하지만요……."

오른팔로 만든 알통을 왼손으로 찰싹 소리 나게 때린 치사키가 농담으로 들리지 않는 말을 입에 담자, 마사치카는 살짝 질린 웃음을 흘렸다. 마찬가지로 살짝 질린 표정을 짓고 있던 타케시와 히카루 또한 마사치카를 향해 고개를 끄덕였다.

"아니, 솔직히 아직 믿기지 않지만…… 아무한테도 말 안 해. 절친의 비밀인걸."

"응. 이야기해 줘서 고마워. 아무한테도 말 안 하겠다고 약속할게. 걱정하지 마. 나는 타케시와 다르게 입이 무겁거든."

"그리 말하니 마치 나는 입이 가볍다는 것 같거든?!"

"으음~, 입이 가볍다기보다…… 입을 잘못 놀리는 편이랄까? 무심코 불쑥 말해버릴 것 같은 느낌이 드는데……."

"에이~. 그런 일…… 없거든……?"

"그럴 때는 딱 잘라 말하라고."

마사치카가 헛웃음을 흘리며 태클을 걸자, 치사키는 오른손 손가락을 우두둑 소리를 나게 풀면서 고개를 갸웃거렸다.

“어쩔래? 이참에 조치를 해둘까?”

“사라시나 선배?! 조치라는 게 뭔가요?!”

“이 이야기를 하려고 할 때마다, 강렬한 두통이 느껴지도록…….”

“그거, 트라우마를 심겠단 소리 아니에요?! 그런 짓 안 해도 절대 말 안 한다고요!!”

“만화에서 암살자에게 거는 저주 같은 거랄까? 솔직히, 어떻게 하는 건지 좀 흥미 있긴 해…….”

“마사치카앗?! 절친이 뇌 조작을 당하는 걸 두고만 볼 거냐?!”

“온갖 뇌내 물질이 나와서 의외로 기분 좋을지도 모르거든?”

“내가 에로물의 여주 같은 표정 짓게 둘 거냐?!”

“역시 관두죠, 사라시나 선배.”

“으음, 애초에 뇌는 건드리지 않는데 말이야…….”

“뇌『는』?”

“즉, 물인 거구나.”

“마샤 씨, 느닷없이 이상한 소리 좀 하지 말아주세요.”

알겠다는 표정으로 고개를 끄덕이는 마리야를, 마사치카는 진지한 표정으로 돌아봤다. 하지만 마리야는 어찌된 건지 자신만만한 표정을 짓더니, 검지를 세우며 말했다.

"치사키가 뇌는 안 건드린다고 했으니까, 남은 건 물뿐이잖아."

"뇌수 말이군요……?"

"후후훗, 역시 쿠제라니깐."

마리야와 오랫동안 알고 지낸 치사키와 토우야는 만족한 듯 웃고 있는 그녀를 보고 뭔가를 눈치챘다.

"어. 마샤, 혹시 개그한 거야……? 너무 고도의 개그라 못 알아듣겠네……."

"고도의 개그라고?"

두 사람의 고개를 갸웃거리면서 그렇게 말하자, 그제야 다른 사람들도 눈치를 챈 것 같았다. 사야카는 말없이 안경을 올려 썼고, 노노아는 눈을 반쯤 뜨며 「대박~」이라고 중얼거렸으며, 히카루는 「쿠죠 선배의 개그 센스……」라고 중얼거렸다. 참고로 타케시는 「어, 어? 무슨 소리야?」라며 좌우를 둘러봤지만, 누구도 설명해주지 않았다. 아리사는 손으로 이마를 짚고 있었다. 유키는 고아한 미소를 머금고 있었다. 아야노는 이하 생략.

말로 형용할 수 없는 분위기가 형성됐지만, 당사자인 마리야는 딱히 개의치 않으면서 부드러운 미소를 머금었다.

"물론, 나도 비밀로 할 거야~. 쿠제와 유키가 남매라는 건, 아무한테도 말 안 할게."

"아, 네. 마샤 씨는 지금까지도 비밀로 해줬으니까, 딱히 걱정할 필요는 없겠지만요…….”

“그래~? 하지만…… 아, 맞다~!”

갑자기 뭔가가 생각난 듯이 손뼉을 친 마리야는 빙긋 웃었다.

“비밀을 공유하기로 했으니까…… 다른 사람들도 하나씩, 그러니까~ 좀 부끄러운 비밀을 이야기하는 건 어떨까? 혹시 누군가가 비밀을 발설한다면, 그 사람의 비밀을 폭로하는 거야!”

“느닷없이 무슨 소리를 하는 거야…….”

언니가 대뜸 폭로 대회를 개최하려 하자, 아리사는 어처구니없다는 표정을 지으며 마리야를 말리려 했다. 하지만 바로 그때, 유키가 손을 들었다.

“오라버니는 매년 생일에 저한테 키스를 해준답니다.”

“왜, 왜 내 비밀을 폭로한 건데?!”

“마사치카……?”

“마사치카, 너…….”

“뭐, 정말이야……?”

“자, 잠깐만! 내 말 좀 들어봐! 키스라고 해도 볼이나 이마에 해줬거든?! 그리고 애초에 얘가 해달라고 했단 말이야!”

삽시간에 질린 듯한 눈길에 포위당하고만 마사치카는 허둥지둥 변명했다.

“아니, 미국 영화 속 장면이 마음에 들었는지 생일에는 말과 행동으로 사랑을 전해달라면서, 얘가 키스를 정례행사화했다고요! 진짜예요!"

"그, 말은…… 어, 스오우도 쿠제한테 해주는 건가?"

"네. 실은……."

어째선지 볼에 손을 댄 유키는 부끄러워하듯 시선을 돌렸다. 마사치카는 그 광경을「이 녀석, 되게 뻔뻔하네」라고 눈으로 말하며 뚫어지게 쳐다봤다. 그리고 다른 이들은 여전히 살짝 질린 눈길로 쳐다보고 있었다. 그런 와중에…….

"큭…… 커억."

"어, 사야카 양?!"

코를 감싸 쥔 손에서 피가 방울져 떨어지고 있는 열성팬이 한 명 있었다.

히카루의 깜짝 놀란 목소리를 듣고 사야카를 돌아본 치사키는 자리에서 벌떡 일어났다.

"어, 괜찮아?!"

"아~ 괜찮아요~. 자~, 사얏찌~. 코 막자~."

뭔가에 도취한 표정으로 테이블에 피를 줄줄 흘리고 있는 사야카를, 노노아는 어린애의 코를 풀어주듯 간호했다. 그리고 치사키 쪽을 돌아보며 이렇게 말했다.

"보다시피~, 사얏찌는 쿠젯찌와 윳키~의 팬이거든요. 두 사람의 사이좋은~ 모습을 보면 흥분하고 말아요~."

"아, 응. 그렇구나……."

"어. 사야카 양, 그랬어?"

"몰랐어……."

"사야카 양……?"

노노아가 해설을 해주자, 치사키만이 아니라 타케시와 히카루, 그리고 아리사도 경악과 당황이 반씩 섞인 표정으로 사야카를 쳐다봤다. 바로 그때, 노노아가 겸사겸사 털어놓듯 이렇게 말했다.

"참고로 나는 중학생 때 노브라, 노팬티로 등교한 적이 한 번 있어."

"정말로 부끄러운 비밀!"

사야카의 기행을 가볍게 능가하는 충격적인 폭로였기에, 다들 경악을 금치 못하며 노노아를 쳐다봤다. 하지만 당사자인 노노아는 부끄러워하지 않으며 말을 이었다.

"뭐랄까~, 해외에서 유행하는 노브라 건강법 같은 거? 그런 걸 보고 영향을 받았달까? 뭐, 가슴이 옷에 스치는 게 신경 쓰여서, 하루 만에 관뒀지만 말이야."

""""""…….""""""

너무 적나라한 이야기였기에, 마사치카마저도…… 아니, 다들 아무 말도 못 한 탓에 학생회실은 침묵에 휩싸였다. 그렇게 폭로 대회를 개최하는 분위기가 형성되자, 아직 비밀을 말하지 않은 멤버가 당혹감과 초조함으로 가득 찬 시선을 교환했다.

(이 녀석…… 이 분위기를 만들려고 일부러 가장 먼저 비밀을 폭로한 거냐.)

유키는 마사치카의 옆에서 여전히 고아한 미소를 머금고 있었다. 아무것도 모른다는 표정 이면에 존재하는 추악한 미소가 눈앞에 어른거리고 있을 때, 다음 폭로자가 등장했다.

"으, 으음, 아, 이번에는 내가 할래!"

마치 누군가에게 재촉을 당한 것처럼, 치사키는 손을 치켜들었다. 이 자리에 있는 이들의 시선이 그녀에게 집중된 가운데, 치사키는 부끄러운 듯 손가락을 꼬물거리며 이렇게 말했다.

"으음, 이건…… 뭐, 반쯤 우스갯소리인데…… 이 학교에는 고상한 말투를 쓰는 사람이 꽤 있잖아? 나, 이 중학교에 막 입학했을 때는 그런 걸 잘 몰라서…… 저기, 같은 반 남자애가 『꿩을 잡고 오겠다』고 말했을 때……."

마른침을 한번 삼킨 치사키는 시선을 돌리더니, 어깨를 움츠린 채 말을 이었다.

"『어, 보고 싶어』 하고 말하며 볼일 보러 가는 남자애를 따라갔어……."

"오오~."

"치사키, 그 후에 어떻게 됐어?"

"아, 도중에 『화장실 가는 건데?』라고 걔가 가르쳐 줬어! 그래서 화장실까지는 안 따라갔거든?!"

얼굴을 새빨갛게 붉히면서 연인에게 변명하는 치사키의 훈훈한 모습 덕분에, 노노아의 이야기 탓에 딱딱하게 굳어버렸던 분위기가 풀렸다. 그 기회를 놓치지 말자고 생각한 건지, 아니면 연인의 뒤를 따르려고 한 건지…… 토우야가 가볍게 헛기침을 한 후에 입을 열었다.

"그래. 부끄러운 비밀이라면…… 나는 매일 집에 돌아가면 발을 씻는데…… 여름처럼 땀이 많이 날 때는…… 가끔씩 벗은 양말의 냄새를 맡아볼 때가 있어."

"으으……."

"어, 왜……?"

"아니, 동생 쿠죠는 몰라도 치사키까지 그런 반응을 보이니 마음에 상처받을 것 같은데……."

아무래도 「에이~ 뭐야~」라며 웃어주기를 기대한 듯한 토우야는 연인이 진짜로 정색하자 고개를 푹 숙였다. 하지만 바로 그때, 타케시가 손을 들며 자리에서 일어났다.

"아뇨! 회장님! 저는, 그 심정을 이해해요!"

"으으……."

"오, 오오! 마루야마는 이해해 주는구나."

"네! 냄새날 걸 알면서도 맡아볼 때가 있긴 하니까요! 저도 부활동을 마친 후에 자기 셔츠의 냄새를 맡아보고 「이렇게 냄새난다는 건 그만큼 노력했단 거야」라고 생각할 때가 있어요!"

"으으……."

"아랴는 엄청 질색하네."

아리사가 완전히 질린 표정으로 미간을 찌푸리자, 마사치카는 쓴웃음을 머금었다. 하지만 동지를 얻은 토우야는 벌떡 일어서더니, 힘차게 고개를 끄덕였다.

"바로 그거야, 마루야마! 땀에 젖어서 무거워진 셔츠는, 자기가 그만큼 노력했단 증거지!"

"네! 맞아요!"

"아~ 그렇구나? 그런 의미라면야…… 아니, 그래도 양말……?"

뜨거운(땀내 나는) 우정을 꽃피우기 시작한 두 사람을 곁눈질하면서, 치사키는 납득한 건지 아닌지 모호한 반응을 보였다.

"그럼…… 다음은 제 비밀을 말할게요."

바로 그때, 머뭇머뭇 손을 든 히카루가 부끄러워하듯 시선을 내리깔면서 이렇게 말했다.

"실은…… 일요일 아침에 하는 여아용 애니…… 마법소녀가 나오는 그걸 초등학교 고학년 때까지 봤어요……."

"어, 그건 진짜로 의외네."

"몰랐어……."

"아니, 그 앞 시간에 하는 애니를 보고 그대로 쭉 계속 본 거랄까……."

그런 뜻밖의 고백을 한 절친을, 마사치카와 타케시는 히카루를 뚫어지게 쳐다봤다. 바로 그때, 치사키가 입을 열었다.

"그거라면 나도 봤어! 언뜻 보면 마법소녀물 같지만, 의외로 기합과 주먹으로 문제를 해결하는 점이 참 재미있었다니까~."

"아, 네. 기본적으로 열혈 우정 승리란 느낌이라, 내용은 소년 만화에 가까웠어요. 캐릭터는 여자애였지만요."

"이번에도 뜻밖의 인물이 공감했네……."

"그건 우읍~."

"자, 사얏찌는 진정 좀 해. 너무 흥분하지 마~."

자기가 오타쿠라는 사실을 숨기고 있다는 것을 깜빡한 채 이야기에 끼어들려다가 코피가 역류한 사야카를 노노아가 말렸다. 그 모습을 본 마사치카가 「뭐 하는 거야……」라고 말하는 듯한 눈길을 머금자, 마리야가 입을 열었다.

"그러면 다음 차례는 나야~. 저기, 진짜로 부끄러운 이야기인데……."

살짝 고개를 숙인 마리야는 두 손으로 볼을 감쌌다. 뭔가 범상치 않은 비밀을 털어놓으려는 듯한 분위기였기에, 다들 주목하는 가운데…… 마리야는 멋쩍은 미소를 머금으며 말했다.

"나, 실은 바닷물이 짠 건 물고기의 땀 탓인 줄 알았어~."

““뭐……?””

마사치카와 치사키의 목소리가 하모니를 이뤘다. 두 사람은 서로의 얼굴을 쳐다보더니, 곧 치사키가 마리야에게 물었다.

“무슨 소리야?”

“어~? 그러니까, 바닷물이 짠 것은 물고기의 땀이 섞인 탓이라고 생각했어.”

“그렇게 치면, 강물도 짜야 하는 거 아냐……?”

“하지만 강은 흐르잖아.”

“뭐?”

“샤워처럼? 땀이 씻겨 나가니까, 강물은 짜지 않다고 생각했어.”

“그랬구나…….”

“아니, 치사키. 그 말에 납득하면 안 돼.”

방금 그 말에 납득한 치사키에게 태클을 건 토우야는 쓴웃음을 머금으며 말했다.

“언니 쿠죠의 논리에 비춰 보자면, 상류에 있는 물고기의 땀이 물을 타고 흘러 내려가니까, 하류로 갈수록 물이 짜야 하지 않을까?”

“아, 그렇구나. 그래…… 응, 맞아. 그렇네?”

치사키가 약간 납득하자, 토우야는 이어서 이렇게 말했다.

“애초에, 물고기는 땀을 흘리지 않아……. 안 흘리지?”

하지만 이번에는 토우야 본인이 고개를 갸웃거렸다. 마사치카도 이제까지 그런 의문을 품은 적 없었기에, 미간을 모으며 신중하게 고개를 끄덕였다.

"아마 흘리지 않을 거예요……. 땀샘이 없을 테니까요. 체온 조절 같은 것도 안 할 테고요."

"어? 그러면 바닷물은 왜 짠 건데?"

하지만 타케시의 그 의문에는 누구도 바로 답하지 못했기에, 침묵이 찾아왔다. 다른 이들과 함께 잠시 침묵에 잠겨 있었던 마사치카는 다시 신중한 어조로 입을 열었다.

"그건…… 토양에 함유된 미네랄 성분이 녹아 들어간 탓 아닐까?"

"해저에서 말이야?"

"어~? 글쎄, 해저에는 수압이 강하니까…… 산의 미네랄 성분이 강을 통해 흘러 들어간 것 아냐?"

"그렇다면, 강물도 조금은 짜야 하지 않아?"

"그래……. 아니, 으음?"

마사치카가 또 입을 다물었을 때, 마리야가 부드러운 미소를 머금으며 입을 열었다.

"쿠제의 말이 정답이야~. 그리고 마루야마도 정답~. 산 같은 데서 흘러나온 미네랄 성분이 오랜 세월 동안 축적된 결과, 바닷물은 소금물이 됐대. 참고로 강물에도 약간이지만 염분이 섞여 있나 봐."

“““““흐음~.”””””

당연하게 여기며 의문도 품지 않았던 일의 진실을 알게 되자, 다들 감탄을 터뜨렸다. 왠지 어느새 폭로 대회가 잡학 코너로 바뀐 것 같은 바로 그때…… 마리야가 웃음을 흘리면서 궤도 수정을 했다.

“그러면 다음은 아랴가 비밀을 말할 차례네.”

“어.”

친동생에게 치명적인 패스를 날리는 형태로 말이다.

“나는 딱히, 부끄러운 비밀 같은 건…….”

다른 이들의 시선이 자신에게 집중되자, 아리사는 당황했다. 시선을 이리저리 돌리며 한동안 생각에 잠긴 그녀는 이윽고 두 팔로 팔짱을 끼더니, 고개를 치켜들며 당당히 선언했다.

“나는 항상 남들에게 부끄럽지 않은 삶을 살려고 노력해 왔어. 그러니 부끄러운 비밀 같은 건 없거든?”

““““오오~~.””””

웬만해서는 입에 담을 수 없는 대사이기에 토우야, 타케시, 노노아는 감탄을 터뜨렸다. 하지만…….

“어머, 그런가요? 그러면 얼마 전에 말씀하셨던 마사치카 씨 앞에서 옷을 갈—.”

“으으으으으으—!!”

아리사는 으르렁거림에 가까운 괴성을 지르면서, 놀랄

만큼 빠른 속도로 유키의 입을 막으려 했다. 아리사가 이제까지 본 적 없을 정도로 흐트러진 모습을 보이자, 다들 얼이 나가고 말았다. 하지만, 이미 한발 늦은 것 같았다.

"옷을 갈아입어……? 어, 설마……?"

치사키가 일찌감치 정답에 도달하자, 아리사의 표정이 딱딱하게 굳었다. 바로 그때, 마사치카가 입을 열었다.

"아~ 실은 얼마 전에 아랴와 같이 옷을 사러 간 적이 있거든요. 그때, 제 앞에서 즐겁게 패션쇼를 펼쳤던 이야기 같네요."

"마사치카?!"

아리사가 깜짝 놀라며 돌아보자, 마사치카는 슬쩍 눈짓을 보냈다. 아리사가 그 의미를 눈치챌지 좀 불안했지만, 눈을 몇 번 깜빡인 그녀는 어색한 느낌으로 시선을 날카롭게 만들었다.

"저, 정말! 그걸 말하면 어떻게 해!"

"아, 미안해. 아무래도 더 얼버무려봤자 소용없을 것 같거든."

두 사람이 그런 천연덕스러운 대화를 나누자, 치사키는 약간 의아해하면서도 고개를 끄덕였다.

"아, 그랬구나……. 하지만, 그게 그렇게 부끄러워할 일이야?"

"그게, 되게 즐거워했거든요. 아마 꽤 부끄러운 일일걸요?"

“잠깐만, 그 정도는 아니었거든?”

“하아, 뭐…… 그건 그렇고, 아랴? 이제 그만 유키를 놔주는 게 어때?”

“아, 네…….”

치사키가 그렇게 말하자, 아리사는 약간 경계심을 품으며 유키의 입에서 손을 뗐다.

“미안해, 유키 양…….”

“아뇨, 저도 장난이 조금 심했어요. 죄송해요.”

경계심을 품은 아리사가 허탈할 정도로, 유키는 순순히 사과했다. 그러자 아리사도 안심…….

“그러고 보니 여름 합숙 때, 노브—.”

“으으~!!”

“노브랜드 옷만 잔뜩 가지고 있었단 이야기지?! 본인에게 어울린다면 브랜드 제품이 아니라도 별 상관없다고 나는 생각하는데 말이야!!”

“그, 그래!”

“체육 창고에서 셔츠가 비—.”

“으으으—!!”

“셔츠가 비정상적으로 이상한 곳에 걸려서 버둥댄 일 말이구나! 확실히 그때는 정말 재미있었어!”

“잠깐만, 마사치카! 말이 너무 심한 거 아냐?!”

“최면—.”

"으으으으—!!"

"바보 취급했던 최면술에 금방 걸린 일 말이지?!"

유키가 연이어 폭탄을 투하하려 하자 아리사는 온 힘을 다해 그것을 막으려 했고, 마사치카는 어떻게든 얼버무리려 했다. 그 광경을 본 토우야는 약간 아연실색하며 중얼거렸다.

"으, 으음. 이 세 사람이 어떤 관계인지 알겠는걸……."

"일단, 마사치카가 엄청 고생하고 있다는 건 알았어."

"응. 더는 파헤치지 않는 편이 좋겠네……."

"아랴가 참 즐거워 보이네~. 우후후♪"

"아니, 언니가 그런 반응을 보여도 돼……? 그리고 아랴, 대립 후보에게 약점을 그렇게 왕창 잡혔는데 괜찮은 거야……?"

선배와 친구들이 다양한 반응을 보이는 가운데, 결국 아랴는 될 대로 되란 투로 외쳤다.

"일본에서 초등학교 다니던 시절의 별명이 『툰드라』였어요! 이제 됐죠?!"

"갑작스러운 폭로…… 아니, 뭐, 응."

"잠깐만! 마사치카, 방금 납득한 거야?!"

"초등학생 애들은 가끔씩 절묘한 별명을 붙인다니깐……."

"그 말, 대체 어떤 의미야?"

"큭."

여러모로 여유가 없는 건지, 유키의 입에서 손을 뗀 아리사는 마사치카의 볼을 양손으로 잡고 좌우로 확 잡아당겼다. 그런 어린애 같은 행동을 본 다른 사람들은 얼이 나간 것처럼 입을 쩍 벌렸고, 마리야는 훈훈한 표정을 지었다.

곧 주위의 그런 반응을 눈치챈 건지, 아리사는 화들짝 놀라며 표정을 관리했다. 이미 늦었지만 말이다. 학생회실에서는 말로 형용할 수 없는 미묘한 분위기가 감돌았다.

"그러면…… 마지막은 타케시인가?"

"어, 나?!"

아리사가 잡아당긴 볼을 매만지던 마사치카가 그렇게 말하자, 타케시는 깜짝 놀라면서 자기 얼굴을 손가락으로 가리켰다.

"아니, 나는 아까 회장님과 같이 말했잖아?"

"그건 회장님의 폭로에 편승한 거니까 노카운트야."

"그, 그렇게 치면 너도……."

"나는 애초에 가문의 비밀을 폭로했는걸."

"큭……."

완전히 방심하고 있던 와중에 폭로를 요구당한 타케시는 인상을 찡그렸다. 바로 그때, 치사키가 분위기를 환기하려고 밝은 목소리로 타케시를 부추겼다.

"마루야마, 마지막에 걸맞게 멋진 폭로를 해줘!"

"그래. 마지막을 장식하기에 걸맞은 멋진 한마디를 부탁하지."

토우야 또한 뒤따라서 그렇게 말하자, 학생회장과 부회장에게 부추김을 당한 타케시는 그대로 궁지에 몰리고 말았다.

"어, 어어어~?"

한심한 소리를 내면서 도움을 청하듯 주위를 둘러보다, 최종적으로 정면에 있는 사야카에게 시선이 향했고…… 손수건으로 코를 막은 그녀와 눈이 마주치자, 타케시는 결의에 찬 표정을 지으며 자리에서 벌떡 일어났다.

주위에서 기대에 찬 눈길로 지켜보는 가운데, 타케시는 숨을 깊게 들이마시더니—.

"저, 실은 사야카 양을 좋아합니다!!"

시간이 멈췄다.

다들 눈을 치켜뜬 채 딱딱하게 굳어버렸고, 사야카의 손에서 손수건이 흘러내리더니…… 몇 초 후, 마사치카와 히카루가 한목소리로 외쳤다.

""지금 할 말이 아니잖아!!""

제 6 화 일상의 이면에서 보스는 솟아 나온다

""지금 할 말이 아니잖아!!""

"어, 엇?"

절친 두 사람이 동시에 태클을 걸자, 타케시는 허둥지둥 좌우를 번갈아 쳐다봤다.

반응을 보아하니, 사전 단계를 전부 건너뛴 이 느닷없는 공개 고백이 얼마나 엄청난 폭거인지 전혀 이해 못 하는 게 틀림없었다. 거기까지 생각이 미친 마사치카와 히카루는 천장을 올려다봤지만, 외야가 어떤 반응을 보이든 간에 이미 주사위는 던져졌다. 이렇게 되면, 잠자코 상황을 지켜볼 수밖에 없다.

사야카가 어떤 반응을 보일까……. 이 자리에 있는 모든 이가 주목한 가운데, 눈을 치켜뜨고 있던 사야카가 얼이 나간 듯한 목소리로 고백에 답했다.

"무리예요……."

압도적 간결 명료(앱솔루틀리 심플).

오해의 여지마저 없는 그 강렬한 네 글자를 들은 순간, 타케시는 그대로 의자에 털썩 주저앉으면서 고개를 푹 숙

였다.

"타, 타케시!"

그 완벽한 폭사를 본 히카루가 타케시를 끌어안았다.

"자, 자자, 잠깐만!"

그리고 마사치카는 타케시의 옆에서 몸을 쑥 내밀더니, 혀를 깨물 듯한 기세로 사야카에게 물었다.

"그 무리란 말은 심리적 혹은 생리적으로 무리란 말이야?! 아니면 집안 사정이 있다거나 연인을 만들지 않기로 결심했기 때문이다 같은 의미의 무리야?!"

마사치카의 질문을 들은 타케시는 몸을 흠칫했고, 사야카는 몇 번 눈을 깜빡인 후에…… 대답했다.

"후자, 일까요……. 단순히, 가문의 격이 맞지 않으니까요."

"즉…… 내가 싫은 건 아닌 거지?!"

갑자기 부활한 타케시가 몸을 쑥 내밀자, 사야카는 몸을 뒤편으로 살짝 젖히면서 안경을 올려 썼다.

"싫고 말고를 떠나서…… 그런 대상으로 생각해 본 적도 없으니까요."

"그건…… 가능성이 아예 없는 건 아니란 말이네?"

"뭐, 제로는 아니라고…… 말할 수 있으려나요?"

"크! 좋아! 좋았어!"

아직 희망이 아예 없지는 않다는 것을 안 타케시가 잔상이 남을 정도의 기세로 주먹을 말아쥐며 의욕을 불태우자,

마사치카와 히카루는 어처구니없음과 감탄이 반씩 섞인 시선을 보냈다.

"너, 진짜 강하네……."

"뭐랄까…… 존경스러워."

사야카의 대답은 객관적으로 판단해도 결코 긍정적이지 않았다. 「생각해 본 적도 없다」는 「이성으로서 전혀 의식하지 않았다」는 의미로 받아들일 수 있고, 「제로는 아니다」는 「상대방을 배려해서 그렇게 말해줬을 뿐, 거의 제로」라고 받아들일 수 있다. 그런데도 이렇게 기뻐하다니…… 이 두 사람이 보기에, 타케시는 지나칠 정도로 긍정적이었다.

하지만, 타케시처럼 사야카의 말을 긍정적으로 해석한 사람이 한 명 더 있었다.

"와아~. 잘됐네, 마루야마~."

"잘된 거야……?"

그 한 사람. 아리사는 순진하게 손뼉을 치는 마리야에게 회의적인 반응을 보였다.

"왠지…… 나도 좀 뜨끔한걸."

"그래도 토우야는 공개적으로 하지는 않았잖아. 갑작스러움이란 면에서는 마루야마를 능가했지만 말이야……."

"……."

그리고 자기 흑역사를 떠올린 사람도 한 명 있는 것 같았다.

◇

"너, 농담이 아니라 진짜도 대단한 녀석이야……."

그 후에 열심히 밀어붙여서 데이트 약속까지 받아낸 타케시를, 마사치카는 교문을 향해 걸어가며 계속 칭찬했다.

"정말 그래……. 그렇게 대형 사고를 쳐놓고, 용케 데이트 약속까지……."

"에이, 그렇지도 않아."

"그래도 사고 친 건 맞거든? 공개 고백 같은 걸 진짜로 질색하는 사람도 있는데……. 사야카가 기분 나빠 하지 않아서 정말 다행이야."

"하하. 뭐, 나도 좀 반성하고 있긴 해……."

타케시의 고백을 화제 삼아 시끌벅적하게 이야기를 나누는 세 사람의 뒤편에서, 아리사가 몇 걸음 떨어져 걷고 있었다.

어느새 꽤 늦은 시간이 됐기에, 이야기가 어느 정도로 마무리되자 해산하기로 했지만…… 유키와 아야노는 스오우가의 차를 기다리고 있었다. 사야카는 타니야마가의 차를 기다리고 있었으며, 노노아는 그녀와 같이 가기로 했다. 토우야와 치사키는 타케시의 폭로를 무책임하게 부추긴 것에 약간 책임을 느끼고 있었으며, 마리야는 그런 두 사람을 달래준 후에 함께 하교하기로 했다. 그래서 아리사는 1학년 남학생 세 사람과 함께 먼저 돌아가게 됐다. 참고로 타케시는 사야카와 같이 하교하고 싶어 했지만, 마사치카와 히카루가 「일단 진정 좀 해」라고 말하며 좌우에서 팔을 붙들어 잡고 강제로 연행했다.

"뭐, 어쨌든 잘 끝나서…… 잘 끝난 걸까?"

"최종적으로 데이트 약속도 잡았으니까…… 잘 끝났다고 할 수 있지 않을까?"

"그래~. 휴~, 나도 드디어 인생 첫 데이트를 하는구나~! 감개무량해~."

"인생 첫 데이트에서 긴장보다 먼저 기대와 기쁨을 느끼다니, 대단하네……."

"혹시나 해서 물어보는 건데, 타케시는 데이트 때 입을 옷 있어?"

"어……."

""어…….""

평소 같으면 대화에 끼어들지 않는 아리사를 배려했을 마사치카도, 지금은 남자끼리의 대화에 푹 빠진 것 같았다. 하지만 아리사는 차라리 잘됐다고 생각했다. 왜냐하면 아리사 본인 또한 아까 타케시가 한 고백에 여전히 정신이 팔린 상태였다.

(설마, 그렇게 갑자기 고백할 줄은…….)

우연히 휘말리고 만 형태지만, 타케시의 사랑을 지켜봐

왔던 아리사에게도 그 고백은 충격적이었다. 그도 그럴 것이 아리사의 상식에 따르면, 고백이라는 것은 여러 단계를 조심조심 거친 후에 하는 중요한 행위다. 그리고 이렇게 되자, 자연스럽게 머릿속에 떠오른 것은…….

(나는, 언제 마사치카에게 고백을 하지?)

……였다.

첫사랑에 들뜬 나머지, 이제까지는 거의 생각하지 않았지만…… 사랑을 자각한 만큼, 고백이란 이벤트는 피해 갈 수 없다.

(딱히 마사치카와, 저기, 연인 사이가 되어서…… 뭔가를 하고 싶은 건 아니야.)

애초에 데이트 정도는 지금도 하고 있다. 게다가 연인만이 할 수 있는…… 키스를 비롯한 이런저런 일들을 하고 싶은 것도 아니다. 아니, 생각해 본 적도 없다.

(뭐? 어제는 정신이 나갔었는지, 마사치카에게 가슴을 만져도 된다고 말하긴 했지만…… 그건 마사치카를 놀리려고 한 말인걸. 딱히 만져주길 바란 건 아니었어.)

그렇다. 결코 그런 생각은 하지 않았다. 왠지 몸속 깊은 곳에서 찌릿한 감각이 느껴지기도 했지만, 그것은 마사치카가 허둥대는 모습이 즐거워서, 사디즘에 사로잡혔을 뿐이다. 그 외에도 가슴 언저리가 근질근질한 듯한 느낌도 받았지만, 그것은…… 여자로서 인정받고 싶다는 욕구가 자극을 받았을 뿐이다. 결코 그렇고 그런 감정은 품지 않았다. 틀림없다.

(그래. 나는 그런 욕구가 없거든? 뭐, 마사치카가 만지고 싶어 한다면…… 어, 그게 아니라! 딱히…… 그렇고 그런 걸 하고 싶지는 않지만…….)

문뜩, 어제 유키와 이야기를 나누는 마사치카의 모습을 떠올렸다.

여동생의 행동을 어처구니없어하며 아무렇게나 대하면서도…… 상냥함과 깊은 애정, 그리고 배려가 그의 눈동자에서 넘쳐 나오고 있었다.

(나도…… 그런 눈빛으로 봐줬으면 좋겠어. 마사치카의 소중한 사람이 되고 싶어.)

그 상냥함이, 애정이 자신을 향했으면 한다. 그리고…….

(내가 마사치카를…… 좋아하는 것처럼, 마사치카도 나를 좋아해 줬으면 해…….)

앞에서 걷고 있는 마사치카의 얼굴을 뜨거운 시선으로 응시하면서, 아리사는 「그러면 언제 고백할까……」라고 차분하게 생각해 봤다.

(문제는…… 스오우 가문의 그 할아버님에게 어떻게 인정받느냐, 야…….)

그렇다. 아리사는 차분하게, 그리고 완벽하게 성급한 생각을 했다. 자연스럽게, 부모님에게 인사라는 단계까지 건

너뛰었다. 하지만 결혼을 전제로 한 진지한 교류 말고는 할 생각이 없는 아리사에게, 이것은 절실한 문제였다.

이제까지는 자기들 사이에 집안 문제 같은 건 없다고 여겼다. 하지만 알고 보니 마사치카는 세이레이 학원 안에서도 손꼽히는 가문인 스오우 가문의 장남이라고 한다. 하지만 자신은 평범한 중류 가정의 인간이다. 게다가 외국인과의 혼혈이기까지 했다.

(실제로, 어떠려나……. 『유서 깊은 우리 가문에 다른 나라의 피가 섞이는 꼴은 못 본다!』 같은? 그런 일이 벌어질까……. 어제 이야기를 나눴을 때는 그런 차별적인 시선이 느껴지지 않았는데…….)

그제야 아리사는 그런 생각을 해봤자 의미가 없다는 것을 눈치챘다. 자기 몸에 흐르는 피를 어찌할 수는 없다. 차라리 어떻게 인정을 받을지를 생각하는 편이 낫다.

(역시 유능함을 어필하는 거야. 다름 아닌 마사치카의 아버님도 중류 가정 출신이면서 데릴사위로 들어갔다고 했잖아. 그러니 가능성이 없진 않을 거야…….)

하지만 그 또한 마사치카의 아버지가 외교관이 되었기 때문이리라. 그렇다면, 자신도 외교관이 되어야 할까……?

(하지만, 외교관이라면 마사치카가 될 거잖아? 나는 아직 장래에 뭐가 될지 결정하지 않았지만, 이성을 위해 직업을 결정하는 건 좀 아니란 생각이 드는데……. 이렇게

되면 내가 노려야 할 건…….)

답이라면, 이미 나왔다. 자신의 유능함을 명확하게 어필할 수 있는, 현재 자신이 목표로 하고 있는 최고의 칭호를 갖는 것이다.

(학생회장이 되는 것. 그리고 내광회에 들어가는 것. 그게 출발점이야.)

결국 나온 결론은 이제까지의 목표와 동일했다. 이제까지 쭉 목표로 삼아 왔던 것. 하지만 거기에, 또 하나의 결의가 더해졌다.

(나는 선거전에서 승리해, 누구 앞에서도 부끄럽지 않은 사람이 되어서, 마사치카에게 고백할 거야!)

분명 틀림없이, 그 순간이 베스트 타이밍이다.

이제부터 더욱 시간을 들이며 유대를 다지면서…… 함께 승리를 거머쥔 끝에 사랑 고백을 한다. 완벽하다. 드라마 각본으로 써먹어도 될 만큼 완벽한 줄거리다.

(결정됐네.)

그렇게 완벽한 계획을 짠 아리사는 새침한 표정으로 머리카락을 귀 뒤편으로 쓸어 넘겼다. 그리고 겨울의 기운이 희미하게 감도는 마을을 향해, 약간 나른한 시선을 보냈다.

(응. 이건 어디까지나 냉정하고 합리적인 판단…… 나 자신에게 있어, 가장 승산 있는 타이밍을 골랐을 뿐이야.)

그뿐이다. 아까 사야카의 「무리예요」란 말을 듣고 심장이 오그라들었다거나, 자기가 마사치카에게 그런 말을 듣는 상상을 했다가 위장이 찢겨나가는 기분이 들었던 것은 아니다. 결단코 아니다.

(결코, 결코, 고백을 미루는 게 아니야. 거절당하는 게 무서워서 겁먹었다거나? 운 좋으면 마사치카 쪽에서~ 같은 생각은 눈곱만큼도 안 하거든?)

머릿속에서 자기 자신을 향해 그렇게 변명한 아리사는 귀 뒤편으로 넘긴 머리카락을 만지작거렸다. 그러다 느닷없이, 한참 전에 언니에게서 들었던 말이 뇌리에 떠올랐다.

『하지만, 좋아한다면 좋아한다고 빨리 말하는 편이 좋을 거야~. 남에게 빼앗긴 후에는, 늦거든.』

그 말이 떠오른 순간, 손가락이 움직임을 멈췄다. 자기가 고백을 미룬 사이, 마사치카를 다른 여자애에게 빼앗길 가능성…… 마사치카의 주위에 있는 여자애를 떠올린 아리사는 고개를 가로저었다.

(아니…… 그런 일은 없어. 가장 가능성이 컸던 유키 양은 친동생이고, 아야노 양은 메이드잖아. 에레나 선배와 스미레 선배는…… 그런 사람들인 데다, 노노아 양은…… 노노아 양?)

바로 그때, 유원지에서 마사치카를 꼬시던(?) 노노아의 모습이 생각났다. 어디까지 진심이었던 건지 모르겠고, 마사치카 또한 그 자리에서 딱 잘라 거절했으며, 그 후로 노노아가 마사치카에게 대시하는 것 같지도 않아서 반쯤 잊고 있었는데…….

(괜찮겠지……? 마사치카는 노노아 양에게 그다지 마음을 허락한 것 같지 않았고…… 여자로서 매력을 느끼지 않는다고 했잖아.)

그 말을 떠올린 아리사는 자신감을 회복했다.

(그래. 마사치카는 적어도 나한테서는 여성으로서의 매력을 느끼고 있는걸. 그러니, 노노아 양에게 질 리 없어.)

어제 자기 가슴에서 눈을 못 떼던 마사치카의 모습을 떠올린 아리사는 「후훗」 하고 웃으며 희열에 사로잡혔다. 그와 동시에…….

"……!!"

어제 자신이 했던 행동을 떠올린 아리사는 알아들을 수 없는 소리를 내면서 몸을 배배 꼬더니, 그 자리에서 껑충 뛰었다. 그 직후, 자기가 방금 괴상한 행동을 취했다는 것을 깨달은 아리사는 앞에서 걷고 있는 마사치카를 허둥지둥 쳐다봤다.

"그런데, 이동은 어떻게 할 거야? 거리가 상당한 데다, 그 근처는 역에서 꽤 떨어져 있잖아."

"훗훗훗. 다 비책이 있지……. 바로, 크루즈선을 이용할 거야."

"뭐?"

"혹시, 강을 이동하겠다는 거야?"

"그래! 얼마 전에 텔레비전에서 봤는데…… 이동하면서 관광도 할 수 있다니, 최고 아냐?!"

"어어~? 하지만 첫 데이트에서 크루즈선은 난이도가 너무 높지 않아?"

하지만 마사치카는 눈치를 못 챈 건지, 여전히 남자끼리의 대화에 빠져 있었다. 그 사실에 아리사는 안도하면서도…… 자신을 전혀 신경 쓰지 않는다는 사실에 약간 삐쳤다. 그리고 장난기로 가득한 미소를 머금더니, 입가에 손을 대면서 러시아어로 속삭였다.

【나를 계속 내버려둔다면…… 등 뒤에서 확 끌어안아 버린다?】

그 목소리를 듣고 등 뒤에 있는 존재를 떠올린 건지, 마사치카가 흠칫하면서 뒤를 돌아봤다.

"아랴, 방금 무슨 말 했어?"

"별거 아냐. 그냥 맞장구를 쳤을 뿐이야."

평소와 다름없는 대화다. 태연한 표정으로 얼버무린 후, 아무것도 모르는 마사치카를 보면서 작게 미소 지었다. 평소 같으면, 이대로 대화가 끝나겠지만…….

"역시 아랴 양도 그렇게 생각하는구나."

"아니, 네 말에 찬성했다고는 말 안 했잖아! 내 말에 찬성한 거지?"

"어?"

아무래도 말을 건네는 타이밍과 「맞장구를 쳤다」는 발언이 문제였던 것 같았다. 마사치카와 함께 뒤를 돌아본 히카루와 타케시가 동의를 구하자, 이제까지 그들이 나누던 대화에 전혀 귀를 기울이지 않았던 아리사는 눈을 깜빡거렸다. 이제 와서 「못 들었어」라고 말할 수는 없었기에, 아리사는 마음속으로 허둥댔다. 하지만 다행스럽게도, 히카루가 타케시를 향해 쓴웃음을 지으면서 이렇게 말했다.

"아니, 그럴 리가 없어. 강은 진짜로 아니거든? 이 시기에는 추울 거란 말이야."

"옷을 따뜻하게 입으면 문제없다고."

(강, 옷…….)

히카루와 타케시의 대화를 재료 삼아, 아리사는 자신의 명석한 두뇌를 가지고 질문 내용을 추리했다. 그리고 3초도 채 걸리지 않아서 답을 도출했다.

(아…… 가죽[#1]? 가죽점퍼? 아까, 데이트 때 입을 옷을 이야기했었잖아.)

그렇다…… 완벽하게 엉뚱한 답을 도출했다. 그 점을 눈치채지 못한 채, 아리사는 타케시가 가죽점퍼를 걸친 모습을 상상하며 대답했다.

"딱히, 나쁘진 않을 것 같은데?"

#1 가죽 일본어로 강과 가죽이 동음이의어란 점을 이용한 언어유희.

"뭐?"

"맞지? 그거 봐~. 아랴 양도 이렇게 말하잖아! 여자애한테는 먹히는 거라고!"

갑자기 우쭐대는 타케시를 보고 쓴웃음을 머금은 아리사는 혹시나 해 덧붙여 말했다.

"물론 어느 가죽이냐에 따라 의견이 갈리겠지만 말이야."

"어, 아…… 무슨 강이냔 말이지?"

"역시 악어나 상어 같은 거라면 질색할지도 모르지만……."

"에이! 아랴 양, 무슨 소리를 하는 거야! 강에서는 악어나 상어가 없다고! 여기는 일본이니까!"

"어? 하지만…… 나, 학교에서 본 적 있거든?"

"거짓말?! 어디서?!"

"학생 식당에서……?"

"그런 게 있었어?!"

"나는 본 적 있는데?"

"지, 진짜로……?"

"상어 지느러미……? 하지만, 악어……? 그런 게 나온 적 있나?"

"……?"

아리사는 의아한 눈길로 헛웃음을 흘리며 믿기지 않는다는 표정을 짓고 있는 타케시와 굳은 표정으로 고개를 갸웃거리는 히카루를 응시했다.

(그렇게 놀랄 일이야? 하긴, 나도 상어 가죽 지갑이나 악어 가죽 핸드백 같은 걸 실제로 본 건 이 학교에 와서지만…….)

그리고, 그런 아리사를…….

(아무래도 착각을 한 것 같네~.)

뭐가 어떻게 된 건지 눈치챈 마사치카는 뜨뜻미지근한 눈길로 아리사를 쳐다봤다.

◇

"……."

사야카의 차를 타고 집에 돌아온 노노아는 저녁 식사를 마친 후, 자기 방 침대에 드러누워서 아까 나눈 대화를 떠올렸다.

『그런데, 타케쉬~의 고백을 실은 어떻게 생각해~?』

노노아가 교문으로 향하는 도중에 솔직하게 묻자, 사야카는 단적으로 답했다.

『솔직히…… 아직 당황스러워.』

『흐음~. 뭐, 그럴 거야. 사얏찌에게 그렇게 대놓고 호의를 드러낸 사람은 타케쉬~가 처음이잖아.』

『응……. 그럴지도 몰라.』

『하지만~, 실은 어때? 남자로서 볼 때의 타케쉬~ 말이야. YES? NO? 데이트를 거절하지 않은 걸 보면 NO는 아니려나.』

『솔직히 말하자면 내 취향은 아냐. 내 이상형은 외팔이 기디언 님과 키미×키메의 라임 군이거든.』

『아니, 이 상황에서 만화 캐릭터를 언급하니 당혹스럽거든~?』

『하지만…….』

사야카는 안경을 올려 쓰더니, 시선을 슬쩍 돌리면서 말했다.

『가문을 떠나서, 나의 이런 면을 다소 아는 데도…… 솔직하게 호의를 표현해 준 건 솔직히 기뻤어.』

『그렇구나…….』

『만화 주인공이라도 된 기분을 맛봤달까? 뭐, 그 상대는 키가 크지도, 미남도 아니었지만 말이야.』

빠른 어조로 그렇게 덧붙여 말했지만, 멋쩍음을 숨기려고 그러는 게 명백했고…… 사야카의 그런 반응은 그녀의 소꿉친구인 노노아도 본 적이 없었다.

"……."

예전에 유원지에서, 노노아가 마사치카에게 한 말은 거짓말이 아니다. 사야카가 기뻐하면, 노노아도 기쁘다. 분명, 그렇게 되리라고 생각했다. 하지만 아까, 그다지 싫지 않은 듯한 반응을 보이는 사야카를 보고 노노아가 느낀 감정은…….

"결국…… 나는 천덕꾸러기인 거구나~."

불쑥 그렇게 중얼거린 노노아는 입가를 일그러뜨렸다.

"쓸쓸하네~. 나도 끼워줘~."

가슴 깊은 곳이 쭉~ 짜증에 사로잡힌 채 부글부글 끓고 있었다. 유원지 이후로 계속 발산되지 못한 마음이 자극을 갈구하며 갈증을 호소하고 있었다.

기본적으로 노노아에게 세상이란 심심한 것이다. 무엇을 봐도, 무엇을 해도, 마음이 움직이지 않으니 당연했다. 하지만 노노아는 발견하고 말았다. 사야카 말고도, 자신의 마음을 움직여줄지도 모르는 존재를. 이 일그러진 마음에, 이제까지 느껴본 적 없는 자극(감정)을 안겨줄지도 모르는 존재를…… 발견하고 말았기에, 이제는 멈출 수 없다.

(참자, 참아. 조금만~ 더 참는 거야~. 괜찮아, 괜찮아. 이번 주 안에 움직이기 시작할 거야~.)

물밑에서 서서히 준비해온 작업이, 슬슬 싹이 틀 때가 됐다. 이 갈증을 채워줄 즐거운 무대의 막이 오르는 날이, 멀지 않았다.

(아, 맞다~. 이참에 마무리 준비도 해둬야겠네.)

문뜩 그런 생각을 한 노노아는 스마트폰을 꺼내더니, 아야노에게 메시지를 보냈다. 바로 그때였다.

"저기, 언니! 미안한데 공부 좀 가르쳐줘!"

여동생인 레아가 교과서와 공책을 안아 들고 방에 뛰어

들어왔다. 요즘 들어 묘하게 공부에 의욕을 보이는 여동생이 이런 부탁을 한 적은 한두 번이 아니었다. 그때마다 노노아는 공부를 가르쳐 줬지만…… 이때만큼은, 그럴 마음이 들지 않았다.

"으음~. 오늘은 피곤하니까, 다음에 가르쳐 줄게."

"오늘이 아니면 안 돼~. 내일 쪽지 시험이 있단 말이야~. 언니, 부탁이야!"

두 손바닥을 맞대면서 고개를 숙인 레아는 한쪽 눈만 슬쩍 떠서 노노아를 살폈다. 자신의 매력을 완벽하게 이해하고 있는, 탄성이 절로 나올 만큼 치사한 행동이었다. 하지만 지금의 노노아에게 그런 행동은 역효과였다.

(아~ 짜증 나~. 저 가느다란 목을 확 졸라버리면 어떤 반응을 보일까~?)

문뜩 그런 생각을 한 노노아는 곧 그런 생각을 떨쳐내더니, 침대에서 몸을 일으켰다.

"그래그래……. 그럼 조금만이야."

"고마워~! 언니, 진짜 땡큐!"

순수하게 기뻐하는 레아가 의자에 앉았다. 그런 그녀의 목덜미를 옆에서 내려다본 노노아는 슬쩍 어깨를 으쓱했다.

(뭐~, 그런 짓 안 해. 엄마도 동생들을 상냥하게 대하라고 말했었고, 가까운 상대와 양호한 관계를 유지하지 않으면 나중에 성가셔지잖아.)

같은 이유로, 노노아는 사야카를 상처입힐 수도 없다. 사야카는 노노아에게 있어 소중한 사람이며, 대체할 수 없는 존재인 것이다. 하지만…….

(쿠젯찌는 무슨 수를 써도 내 것이 될 것 같지 않거든? 괜찮을 거야.)

손아귀에서 진동하는 스마트폰을 들어서 아야노에게서 온 답장을 확인한 노노아는…… 옅은 미소를 머금었다.

◇

"사야카, 사야카?"

"아, 죄송해요……. 왜 그러세요? 쇼이치 오빠."

저녁 식사 자리에서 웬일로 다른 생각에 정신이 팔린 사야카에게 말을 건 사람은, 타니야마 가문의 장남인 쇼이치였다.

올해로 스물일곱 살이며, 현재는 사회인 경험을 쌓기 위해 타니야마 가문과는 관련이 없는 반도체 메이커에 근무 중이다. 깔끔하게 정돈된 머리카락과 검은 테 안경을 쓴 그는 나이 차이가 있기는 하지만 사야카와 외모가 매우 흡사했다.

"왠지 마음에 딴 곳에 가 있는 것 같아."

"학교에서 무슨 일 있었어?"

장남에 이어서 상냥한 목소리로 그렇게 물은 사람은, 약간 긴 머리카락을 머리 뒤편으로 모아 묶은 상냥한 인상의 청년이었다. 타니야마 가문의 차남인 그의 이름은 이츠키이며, 스물두 살인 그는 대학교 4학년이다. 현재는 대학 연구실에서 심리학을 전공하고 있다.

"그러고 보니, 오늘은 평소보다 귀가가 늦었잖아."

그렇게 말한 이는 두 귀에 피어스를 여러 개 하고 밝은 금발에 붉은색 브릿지를 넣은, 꽤 화려한 인상의 청년이었다. 이런 겉모습을 하고 있기는 해도 타니야마 가문의 삼남인 그의 이름은 카케토라고 한다. 열아홉 살인 그는 대학교 2학년이며, 현재는 미대에서 유화를 전공하고 있다.

전혀 다른 분위기를 지녔지만, 곱게 자랐다는 것이 느껴지는 세 명의 미남이 바로 타니야마 중공의 미래를 짊어지고 있는 삼형제이자, 사야카가 존경하는 오빠들이었다.

"실은, 저기……."

세 오빠가 배려심이 묻어나는 시선을 보내오자, 자기가 출구 없는 생각의 미로를 헤매고 있다는 것을 자각하고 있던 사야카는 솔직하게 고민을 털어놓았다.

"오늘, 친구로 지내던 남자애에게…… 고백을 받았어요."

"""고백?!"""

삼형제의 목소리가 하모니를 이뤘다. 삼남은 노골적으로 눈초리가 치켜 올라갔고, 차남은 무시무시한 냉소를 머금었으며, 장남은 평정을 가장하면서도 떨리는 손으로 안경을 올려 썼다.

이 반응을 보면 짐작이 되겠지만, 이 세 사람은 시스콤이었다. 사야카가 평범한 여자애라면 제멋대로에 아니꼬운 아가씨로 자랐을 정도로, 어릴 적부터 막내 여동생을 눈에 넣어도 아프지 않을 정도로 사랑했다.

하지만 사야카가 이런 공주님 대접에 기뻐하지는 않았다. 어릴 적부터 이런 대우를 받았던 사야카는 오빠들에게 극찬을 받거나 선물 공세를 받아도 담백한 반응만 보였는데…… 오빠들로서는 여동생이 웬만해선 기뻐하지 않는 점이 또 마음에 든 것 같았다. 정말 어엿한 변태다.

그런 변태 오빠들의 귀에, 귀여운 여동생에게 고백을 한 놈이 있다는 뉴스가 들어간 것이다. 그들의 마음이 편할 리 없었다. 하지만 여전히 자기만의 생각에 빠진 탓에 그것을 눈치채지 못한 사야카는 오빠들의 마음속에서 타오르는 불길에 기름을 냅다 들이부었다.

"다음에, 데이트를 하기로……."

""""데이트?!""""

또 삼형제의 목소리가 하모니를 이뤘다. 게다가 다른 방향에서 중후한 목소리가 들려왔다.

"데이트라고?"

그 목소리의 주인은 이 사남매의 아버지이자 타니야마

중공의 현 사장인 타니야마 카즈나리였다. 올해로 쉰다섯 살인 그가 두꺼운 안경 너머의 날카로운 눈으로 쳐다보자, 사야카는 등을 꼿꼿이 펴면서 머뭇머뭇 물었다.

"역시 타니야마 가문의 딸로서, 경솔한 행동이었을까요……?"

딸의 의견을 구하는 듯한 눈길을 본 카즈나리는 젓가락을 내려놓으며 팔짱을 꼈다. 눈을 감으며 고개를 살짝 숙이는 아버지를 본 사야카는 면목 없는 듯한 표정을 지었지만…… 그녀의 아버지는 마음속으로…….

(아니란다, 사야카……. 잘못을 저지른 것 같은 표정을 짓지 말아 주렴.)

……라고 생각하고 있었다. 사실 카즈나리는 결혼 초기부터 딸이 가지고 싶었다. 하지만 세 번 연속으로 남자만 태어나서 이제 딸을 얻는 건 무리라고 반쯤 체념했을 무렵, 마흔 살이 다 되어 겨우 얻은 딸이 바로 사야카였다. 사야카가 태어났을 때는 너무 기쁜 나머지, 딸의 생일을 회사의 유급 휴가일로 지정하려 했다가 아내에게 따귀를 맞았다. 출산 직후의 아내에게 그런 짓 시키지 말라고.

아무튼, 카즈나리에게 사야카는 사랑해 마지않는 딸이기에 마음 같아서는 마구 귀여워해 주고 싶지만…… 남매들을 차별 대우해선 안 된다는 자신의 신조. 그리고 아들들이 딸을 사랑해 주는 만큼 자신은 조금 엄격해야 한다는 사명감. 딸에게 멋진 아버지로 보이고 싶다는 허세.

그런 것들이 더해진 결과…… 마음속으로는 딸을 정말 사랑하는데도 겉으로는 드러낼 수 없는, 불쌍한 아저씨가 탄생하고 말았다. 그 덕분인지 사야카는 오빠들에게 저렇게 사랑을 받으면서도, 타니야마가의 딸로서 어디에 내놔도 부끄럽지 않은 어엿한 영애로 성장했지만…… 그 대신, 사야카의 마음속에는 아버지가 엄격한 사람이란 이미지가 정착하고 만 것 같았다. 이제 와서는 카즈나리 본인도 이 캐릭터를 어떻게 불식시켜야 할지 알 수가 없었다.

(나는 딸에게 정략결혼을 시킬 생각이 눈곱만큼도 없는데…… 중등부 선거전 때도 그렇고, 왜 그런 착각을 하는 거지? 내광회에 들어가라든가, 타니야마 가문에 이익이 되는 남자와 결혼하라는 말 같은 건 한 번도 한 적이 없는데……. 하지만 사야카에게는 타니야마 가문의 여식에게 걸맞은 최고의 상대를…… 그것도 부담이 되려나? 그렇다고 별 볼 일 없는 남자는…… 끄으응…….)

마음속으로 고뇌하고 있는 불쌍한 아버지와, 그런 남편을 보고 어처구니없다는 듯 고개를 젓는 아내. 그런 부부를 제쳐둔 채, 삼형제는 사야카에게 계속 캐물었다.

"뭐 그런 놈이 다 있어! 고백하자마자 데이트 신청을 해?! 완전 경박한 놈이잖아!"

"그래. 데이트 신청을 받아준 건 경솔했을지도 몰라…….

이거, 우리가 제대로 도와줘야겠는걸."

"이츠키의 말이 옳아. 당일에는 우리도 같이 가는 편이 좋겠어."

"아니, 그러면 타케시에게 폐가……."

오빠들의 과잉 반응에 당황한 사야카는 그들을 말리려다…… 입을 잘못 놀렸다. 데이트를 신청한 남성의 이름을 무심코 입에 담고 만 것이다.

((((타케시…….))))

네 남성의 눈빛이 가라앉았다.

타케시는 자신의 연애를 방해하는 다수의 보스가 출현했다는 사실을 전혀 알지 못했다.

제 7 화 악(惡)은 가르쳐 준다

제1음악실에서, 피아노 음색이 울려 퍼졌다.

연주하고 있는 사람은 마사치카였다. 그리고 관악부 부원들은 압도당한 표정으로 그를 응시하고 있었다.

때로는 힘차고 웅장하게, 때로는 경쾌하고 섬세하게, 피아노가 마사치카의 손가락 움직임에 맞춰 노래했다.

그리고 마사치카가 마지막 음을 연주하면서 페달에서 발을 떼자, 그 여운이 사라졌고…… 몇 초 후, 주위에서 박수가 터져 나왔다.

"대단해! 정말 대단하잖아!"

"역시, 진짜로 감동했어!"

"대단했어요! 한 시간 정도 더 듣고 싶어요!"

연주를 마친 마사치카에게, 관악부 부원들이 일제히 몰려들었다. 그녀들의 호의와 존경에 찬 시선을 받은 마사치카는 약간 멋쩍었지만, 그래도 자리에서 일어나 예를 표했다. 그러자 다시 박수가 쏟아졌고, 그 박수가 잦아들었을 무렵…… 짝~ 짝~ 하고 괜히 점잔 빼는 듯한 박수 소리가 들려왔다. 고개를 돌려보니, 부원들 뒤편에서 에레나가 천천히 다가오고 있었다. 하지만 아무도 길을 비켜주지 않았다.

"어, 잠깐만. 저기~, 왜 심술부리는 거야~!"

부장이 응석을 부리는 목소리로 항의하자, 부원들은 웃으면서 길을 비켜줬다. 그러자 에레나는 다시 거만한 표정을 짓더니, 점잔 빼는 듯한 박수를 치며 연신 고개를 끄덕였다.

"브라보~."

"아니, 왜 제 스승 행세를 하는 건데요?"

"내가 데려왔잖아."

"그건 그렇지만요."

"이제, 너한테 가르칠 건 없어."

"지금까지 수고 많으셨습니다."

"이대로 보내줄 생각은 없거든?!"

고개를 꾸벅 숙이고 돌아가려 하는 마사치카의 팔을, 에레나가 꽉 움켜쥐었다. 그 후, 에레나는 과장된 태도를 관두더니, 다시 박수를 치며 입을 열었다.

"음~ 한 꺼풀 벗었는걸. 대단했어, 쿠제."

"한 꺼풀 벗었다니…… 에레나 선배는 그런 소리 할 만큼 제 연주를 듣진 않았잖아요?"

"남자가 한 꺼풀 벗었는지 아닌지는 딱 보면 알 수 있거든!!"

"혹시 태클 걸어주길 바라는 거예요……?"

"어?"

"어?"

어리둥절한 표정을 짓는 에레나의 얼굴을 뚫어지게 쳐다본 마사치카는 방금 그녀가 한 말이 음담패설이 아니라는 것을 깨닫고 가볍게 헛기침했다.

"아, 모르면 됐어요."

"그래? 아무튼, 한 꺼풀 벗으면서 더 민감…… 아니, 섬세해졌네!"

"다 알아들은 거냐고요!"

마사치카의 태클을 들은 에레나가 깔깔 웃자, 관악부 소속의 순진한 아가씨가 소박한 의문을 던졌다.

"부장님, 방금 그 말은 어떤 의미인가요?"

"어?!"

태클만이 아니라 그런 날카로운 질문까지 받고만 에레나는 당황했다. 그리고 도움을 청하듯 주위를 둘러봤지만, 그 말의 의미를 아는 마사치카와 몇 안 되는 남자 부원은 하나같이 모르는 척을 했다.

"으, 으으……."

궁지에 처한 에레나는 순진한 아가씨의 순수한 눈동자에서 눈을 돌리더니, 우물쭈물 얼버무렸다.

"그건…… 그래. 열여덟 살이 되면 알게 될 거야."

"그래요."

"우후후."

"아니…… 저 두 사람은 아직 열여덟 살이 아니지 않나요?"

기계적인 대답을 한 소우마와 아라이에게 마사치카가 「대답이 너무 건성 아냐?」라고 말하는 듯한 시선을 보내고 있을 때, 에레나가 마음을 다잡으며 입을 뗐다.

"아무튼! 몰라볼 정도였어……. 감동적이야, 쿠제."

"참고삼아 묻는 건데…… 어느 부분이 어떻게 달라졌죠?"

"전부……?"

"너무 건성으로 대답하는 거 아닌가요……."

"하지만, 명백하게 음색이 달라졌는걸. 뭐랄까, 엄청난 자유가 느껴졌어."

에레나가 뜻밖에도 그런 날카로운 지적을 하자, 마사치카는 한순간 눈을 크게 떴다.

확실히 어머니와 같이 피아노를 연주한 덕분에, 피아노에 품고 있던 부정적인 감정이 가셨다. 하지만 그것이 이렇게나 알기 쉽게 연주에 드러난 것일까, 라고 생각하며 주위를 둘러보니, 다른 관악부 부원은 모호한 반응을 보이고 있었다. 아무래도 독특한 감각을 지닌 에레나만이 그것을 느낀 것 같았다.

(역시 관악부 부장을 맡고 있는 사람, 답다고 해야 할까……? 아니면 단순하게, 남의 감정에 민감한 걸지도 몰라.)

마사치카가 마음속으로 에레나를 다시 보고 있을 때, 그

곧 자초지종을 눈치챘다.

"곧 있으면 피아노부가 정원 미달이 된 지 한 달이 되는 거구나."

"뭐, 그런 거야."

"남 일처럼 말하지 말라고. 원인은 바로 너잖아."

이 학교에서 부를 설립하는 조건 중 하나는 다섯 명 이상의 부원을 확보하는 것이다. 그리고 정원 미달이 될 경우, 한 달 안에 부원을 다시 채우지 못한다면 동호회로 격하된다. 피아노부는 유쇼가 추령제에서 암약한 게 발각된 바람에 부원들이 줄지어 관두면서 10월 중순에 정원 미달이 됐다. 다음 주에는 그 기한인 한 달을 맞이하는 것이다.

"그건 중요하지 않아."

"네가 그런 소리 말라고."

"시끄럽네……. 내가 신경쓰는 건, 이 말을 꺼낸 사람이 누구냐는 거야."

"뭐……?"

바로 그때, 제1음악실의 문이 열리면서 관악부 부원이 줄줄이 나왔다. 그리고 복도에서 이야기를 나누는 마사치카와 유쇼를 보더니, 약간 의아한 표정을 지으면서 마사치카에게 작별 인사를 건넸다.

그 인사에 답하면서 그녀들이 복도 너머로 사라질 때까지 기다린 후…… 그사이에 생각을 정리한 마사치카는 유쇼를 노려보며 질문을 던졌다.

“즉…… 네가 하고 싶은 말은 이거냐? 피아노부한테서 부실을 넘겨받자는 제안을 한 사람이 노노아란 거지?”

“역시 눈치가 빠른걸. 뭐, 그렇게 된 거야.”

예전에도 유쇼에게서 노노아를 관한 경고를 들었던 것을 가지고 추측한 것인데, 아무래도 생각이 들어맞은 것 같았다. 유쇼가 순순히 고개를 끄덕이자, 마사치카는 미간을 찌푸렸다.

“증거는 있어……?”

“내 감이야.”

“적당히 하라고.”

자기가 친구로 인정한 상대(노노아)에 대한 트집이나 다름없는 의혹을 유쇼가 제시하자, 마사치카는 언짢은 기색을 드러냈다. 그리고 마음을 진정시키기 위해 크게 숨을 내쉰 후, 머리를 거칠게 긁적이면서 유쇼의 얼굴을 쳐다봤다.

“그래서? 뭐? 경음악부가 피아노부의 부실을 원하는 건 이상한 일이 아니고, 설령…… 만에 하나 노노아가 너를 괴롭히려고 그런 제안을 했더라도, 나와는 상관이 없잖아?”

“그게 상관이 있단 말이지.”

“뭐?”

“사실 이 경음악부의 제안에 대해, 우리 부부장이 학생 의회를 제의하려고 해. 그렇게 되면, 너도 당사자잖아?”

"……."

학생의회의 개최 운영은 학생회의 역할이다. 확실히 그렇게 된다면, 학생회 임원인 마사치카도 이 일의 관련자가 될 가능성이 크다. 하지만 운영이란 이름의 방관자인 만큼, 마사치카에게 있어서는 결국 남의 일이었다.

"그래서……? 결국 너는 나에게 뭘 원하는 건데?"

"딱히 없어. 그저 네 친구인 미야마에가 학생의회까지 벌이면서 뭔가를 꾸미고 있다는 걸 알려주는 것뿐이지."

"아니, 학생의회를 제의한 건 너희 쪽 부부장이잖아? 그 일에는 노노아가 상관없어."

"정말 그럴까……. 그 학생의회를 제의하는 것 자체가 흉계란 느낌이 드는데 말이지."

"망상이 너무 심한 거 아냐?"

아무런 근거 없는 음모론에 가까운 주장을 하는 유쇼를, 마사치카는 얼음장 같은 눈길로 쳐다봤다. 하지만, 유쇼는 여전히 자신의 주장을 굽히지 않았다.

"망상? 아냐. 애초에, 이런 학생의회를—."

"유쇼……. 피아노부에도 안 가고, 농땡이를 부리고 있는 건가요?"

바로 그때, 복도 너머에서 들려온 차가운 목소리를 들은 유쇼는 허둥지둥 그쪽을 돌아봤다.

"스, 스미레 누나……."

마사치카도 덩달아 그쪽을 쳐다보니, 선도위원으로서 순찰 중인 것으로 보이는 스미레가 유쇼를 노려보며 다가오고 있었다.

“안녕하세요, 쿠제 씨.”

“안녕하세요, 스미레 선배.”

그녀에게서 어마어마한 박력이 느껴졌기에, 마사치카는 상대방을 바이올렛 선배라고 부르지 못했다. 스미레는 마사치카를 향해 고개를 가볍게 끄덕인 후, 다시 유쇼를 향해 무시무시한 눈길을 보냈다.

“유쇼? 요즘 들어 피아노부는 매우 힘든 상황 아닌가요? 그런데 부장인 당신이 왜 이런 곳에서 농땡이를 피우고 있는 거죠?”

“아니…… 딱히 농땡이를 피우는 건…….”

“피아노부에도 가지 않고, 복도에서 수다를 떨고 있는 게 농땡이가 아니면 뭐죠?”

유쇼의 변명을 딱 잘라 부정한 스미레는 유쇼의 귀를 꼭 움켜쥐었다.

“따라 오세요. 그렇게 한가하다면, 선도위원의 일을 돕도록 하세요.”

“아, 아야야! 아프다고, 스미레 누나.”

“그러면 쿠제 씨, 유쇼는 제가 데려가도 괜찮을까요?”

“물론이죠.”

"귀, 귀 떨어지겠어!"

"이 정도로는 안 떨어진답니다."

귀를 잡아당겨진다고 하는, 옛날 만화의 한 장면 같은 방식으로 유쇼는 끌려갔다. 그런 그를 향해 손을 흔들면서, 마사치카는 툭 하고 중얼거렸다.

"왜 즐거워하는 건데?"

그 이유는 하나뿐이란 생각이 들지만 말이다. 하지만 그 말을 입에 담는 건 눈치 없는 짓이라고 여긴 마사치카는 어깨를 으쓱하며 다시 생각에 잠겼다.

(노노아가 피아노부의 부실을 빼앗으라고 경음악부를 부추겼고, 학생의회가 열리도록 꾸몄다? 뭐…… 걔라면 재미삼아서 피아노부를 철저하게 궁지에 몰며 괴롭히기도 할 것 같지만…….)

하지만 마사치카는 그것이 친구에게 실례되는 생각이라 여기며 조금 반성했다.

(하지만 전에도 저 자식의 충고에 따라 노노아를 의심했다가, 전혀 상관없었던 적이 있잖아…….)

아리사가 노노아와 함께 보건실에 갔다는 말을 듣고, 노노아에게 무슨 짓을 당한 것이 아닌가 했지만 그냥 같이 가줬을 뿐이었던 그 일은 지금도 기억에 생생하다. 그런 전례가 있기에, 마사치카는 유쇼의 말을 덜컥 믿을 수가 없었다.

(뭐, 1학기 방학식과 문화제의 일로 사야카와 노노아가 나와 아랴 측 사람이라고 여겨지고 있잖아? 노노아가 엄청난 악행을 저질렀다가 들통난다면 나와 아랴의 평판에도 영향이 갈 수 있지만…… 자기가 저지른 악행이 들통날 증거를 걔가 남길 리 없어.)

마사치카와 유키 또한 이제까지 노노아가 벌인 암약에 관한 증거를 확보한 적이 단 한 번도 없다.

애초에 노노아가 지금 무슨 일을 꾸미고 있다는 것 자체가 유쇼의 망상에 지나지 않는다. 설령 뭔가를 꾸미고 있을지라도, 피아노부와 경음악부의 다툼은 외부인인 마사치카가 알 바 아니다.

(이렇게 노노아를 의심하게 만드는 것 자체가, 저 자식의 꿍꿍이일 가능성도 있잖아?)

차분하게 생각해 보니, 그편이 가능성이 더 크단 느낌이 들었다. 그렇다면 유쇼는 무엇을 위해서, 라고 생각하려던 마사치카는 곧 생각을 중단했다.

(관두자, 관둬. 더 생각해 봤자 소용없어. 미심쩍은 구석을 발견한 후에 조심하면 될 거야.)

그렇게 생각을 바꾼 마사치카는 유쇼의 말을 머릿속 구석으로 밀어놓더니, 집으로 돌아가기 위해 다시 걸음을 뗐다.

◇

한편, 바로 그때. 어느 빈 교실에서는 방금 언급된 노노아와…… 학생회 업무를 마친 아야노가 단둘이서 마주하고 있었다.

"그러니 아리사 양과 당선됐을 때도…… 마사치카 님은 스오우 가문으로 돌아오시게 된 것…… 같습니다."

"흐음~ 잘 됐네."

어제 스마트폰으로 연락해서 만난 아야노한테서 겐세이가 내린 결정에 관해 들은 노노아는 그렇게 중얼거렸다. 그리고 한쪽 눈을 슬쩍 치켜뜨더니, 그녀다운 솔직한 질문을 던졌다.

"그래서? 아야노노는 어쩔 건데? 전에 쿠젯찌가 스오우 가문으로 돌아오기를 바란다고 했잖아? 그걸 이루려면, 오히려 아릿사와 쿠젯찌에게 협력하는 편이 좋을 것 같네?"

"저는 유키 님의 파트너이자, 시녀입니다. 유키 님을 최우선으로 생각하며, 유키 님을 위해 움직입니다."

그 점에 관해서는 이미 고심한 끝에 결론을 내렸을 것이다. 노노아의 무례하다고도 할 수 있는 질문에, 아야노는 주저 없이 바로 답했다.

"흐음~."

평소와 마찬가지로 무표정한 아야노에게, 노노아 또한 평소와 마찬가지로 딱히 관심 없는 듯한 반응을 보인 후…….

"진짜로 그게 다야?"

조용히…… 날 선 질문을 던졌다.

"……?"

아야노가 희미하게 고개를 갸웃거리면서 의문을 표시하자, 노노아는 담담한 목소리로 물었다.

"실은 싫지 않아? 전부, 아릿사의 뜻대로 되는 게 말이야."

"그게…… 무슨 말입니까?"

아야노의 목소리가, 희미하게 흔들렸다. 그것은 영문을 몰라서 당혹스러워하는 것일까. 아니면 정곡을 찔려서 동요한 것일까. 어느 쪽이든 상관없다는 듯이, 노노아는 양손을 펼치며 미소를 머금었다.

"쿠젯찌와 윳키~, 그리고 아야노노. 어릴 적부터 쭉 함께 지낸 세 사람. 아야노노에게 그 무엇보다 특별하고 소중한 세 사람만의 세계."

즐거운 듯이, 마치 노래하는 것처럼, 노노아는 이야기했다. 그리고 자신을 응시하는 아야노를 향해 빙긋 미소 짓더니, 여전히 즐거운 투로 말했다.

"거기에 느닷없이 끼어든 외부인."

노노아가 밝은 목소리로 그런 섬뜩한 말을 입에 담자, 아야노의 어깨가 부르르 떨렸다. 동요한 아야노의 마음속으로 파고들려는 듯이, 노노아는 말을 이어갔다.

"그 외부인은 쿠젯찌의 파트너로서, 그리고 윳키~의 라이벌로서, 두 사람 사이에 끼어들어서, 두 사람의 마음을 크게 차지했어. 게다가 아야노노가 오랫동안 바라온…… 쿠젯찌가, 스오우 가문으로 돌아와 줬으면 한다는 소망. 그것마저 간단히 실현하려고 해."

주저 없이, 사정없이 노노아는 아야노에게 다가가면서 그녀의 마음속까지 파고들었다.

"……!"

쳐다보지 않으려 했던 현실이 눈앞에 제시된 탓일까, 아야노는 눈을 치켜뜨면서 그것으로부터 도망치듯 고개를 숙였다.

하지만 노노아는 개의치 않으면서 더욱 다가서더니, 아야노의 귓가에 입술을 가져가며 속삭였다.

"마음에 안 들어."

마치, 아야노의 마음에 다가서는 것처럼, 모든 것을 이해하고 용서하는 것처럼, 노노아는 상냥히 물었다.

"실은 눈에 거슬리는 거지—? 쿠죠 아리사가 말이야."

"……!"

그 순간, 화들짝 놀라며 뒤로 물러선 아야노의 몸이 사물함에 부딪히면서, 덜컹하는 큰 소리가 났다. 평소 전혀 소리를 내지 않는, 아야노답지 않은 실수다.

게다가 아직 동요하고 있는 건지, 아야노는 사물함에 기대선 채 그대로 굳어버렸다. 그런 아야노에게 더욱 다가간 노노아는 그녀의 왼손 위에 자신의 오른손을 포개더니, 고개를 숙인 상대방에게 말을 불어넣었다.

"너는 그 남매와, 다시 셋이 함께 사이좋게 지내는 나날을 바라고 있어. 거기에, 다른 사람이 끼어드는 걸 바라지 않아. 그 다른 사람이 네 자리를 빼앗으려 하니 더욱 그렇겠지."

"빼앗다니, 그렇지는……."

"정말 그렇게 생각해?"

"……."

겨우 입 밖으로 토한 반론 또한, 노노아가 다시 던진 질문 앞에서 힘을 잃었다.

"쿠죠 아리사가 나타나기 전만 해도, 쿠제 마사치카에게 있어 가장 가까운 이성은 여동생인 스오우 유키를 제외하면 너였어. 하지만 지금은 어때?"

깊이 고개를 숙인 아야노에게, 노노아는 계속 질문을 던졌다.

"일전의 생일 파티 때, 쿠제 마사치카가 스오우 가문으로 돌아온 건 누구 덕분이었더라? 너? 아니잖아?"

아야노가 스스로 답에 도달할 수 있도록 만든 후…… 노노아는 그녀가 머릿속으로 도달한 결론을 엄연한 사실로서 본인에게 들려줬다.

"너의 필사적인 설득도, 쿠제 마사치카를 움직이지 못했어. 그를 움직인 건, 쿠죠 아리사야."

노노아의 손 아래에서, 아야노의 손이 떨렸다. 그 손을 감싸듯이, 휘감듯이 노노아는 손가락을 놀리면서 말을 이었다.

"지금 쿠제 마사치카를 떠받치고 있는 건 네가 아냐. 이대로 가면 네가 바라는, 셋이 함께 사이좋고 행복하게 사는 미래는 오지 않아."

냉혹하게 단언한 노노아는 갑자기 표정을 풀더니, 상냥한 목소리로 아야노에게 말을 건넸다.

"하지만, 괜찮아. 나는 아야노노의 편인걸. 아야노노가 바라는 미래를 거머쥘 수 있도록, 협력할게."

그 말을 들은 순간, 깊이 고개를 숙이고 있던 아야노가 고개를 들었다. 불안하게 흔들리는 아야노의 눈을 코앞에서 응시하며, 노노아는 자비에 찬 미소를 머금었다.

"괜찮아. 세 사람이 다시 사이좋게 지낼 방법이라면, 있어. 그것도, 매우 간단한 방법이야."

"그런…… 방법이……."

"있어."

그렇게 단언한 노노아는 입술 앞에 검지를 세우더니, 은밀히 고했다.

"내가 가르쳐 줄게."

그 미소는…….

사람의 추악함에 다가서는 성녀의 미소처럼도, 사람의 약한 면에 파고드는 악마의 미소처럼도 보였다.

◇

시간을 거슬러 올라가 며칠 전, 피아노부의 부실.

한 달 전에 비해 사람이 줄어서 황량해진 실내에서, 한 소녀가 욕설을 내뱉고 있었다.

"젠장! 그 망할 자식!"

실내화로 바닥을 걷어찬다고 하는 숙녀답지 않은 행동을 하는 건, 피아노부의 부부장이자 2학년 여학생인 츠카모토 아오이였다.

부원 대부분이 유쇼의 팬으로 구성된 이 피아노부에서는 드물게 그녀는 유쇼 본인에게는 전혀 관심이 없었으며, 순수하게 피아노를 치고 싶어서 들어온 부원이었다.

그런 피아노를 향한 진지함과 성실함 때문에 반강제적으로 부부장에 취임하게 됐는데…… 현재 피아노부는 붕괴 직전이다. 경음악부에서는 부실을 교환해달라는 요구마저 하고 있었다. 그리고 이런 상황을 초래한 원흉인 부장, 유쇼는 딱히 대책을 세우지도 않을 뿐만 아니라 어디 있는지도 알 수 없었다. 그녀로서는 욕을 내뱉을 수밖에 없는 상황이었다.

“그 대머리! 망할 대머리! 죽어! 건반 뚜껑에 손가락이 끼여서 죽어버리라고!”

뭐…… 말이 좀 심하기는 하지만 말이다. 그녀의 명예를 위해 한마디만 하자면, 그녀는 원래 이런 욕설을 입에 담는 사람이 아니다. 그저 지금이 그녀의 십칠 년 인생을 통틀어서 가장 사나운 시기일 뿐이다.

딱히 부실의 교환 자체가 싫은 건 아니다. 이제까지는 인원 문제(와, 아오이 본인이 유쇼의 들러리들은 마음속으로 귀찮게 여기기도 했으므)로 아오이가 이끄는 피아노 진심 멤버는 부실에서, 유쇼와 그의 들러리는 음악실에서 활동했다. 하지만 인원이 이제 네 명밖에 안 되는 만큼, 연습 환경만 생각하면 음악실만으로 충분하다. 하지만 그것과 달리, 아오이는 이 부실을 양보할 수 없는 이유가 있다.

“이대로 있다간……!”

빠드득하는 소리가 날 만큼 이를 악문 아오이는 부실 안쪽에 놓여 있는 그랜드 피아노를 쳐다봤다. 내광회에 들어간 OB가 피아노부에 빌려준, 온 세상의 피아니스트가 동경하는 초고급 그랜드 피아노다. 지금 똑같은 피아노를 구입하려면 몇억 엔이 들 것이라는 말이 나오는 물건이다. 아오이 자신도 웬만한 이들보다 유복한 가정에서 자라 왔지만, 이 학교에 오지 않았다면 평생 이런 피아노를 만져보지 못

했을 것이다. 아니, 가격을 떠나서 아오이는 그 무엇과도 바꿀 수 없을 만큼 이 피아노에 애착을 가지고 있다.

중학생 시절, 친구의 권유로 방문한 추령제에서 우연히 이 피아노를 연주해봤을 때…… 그 음색에 충격을 받았다. 그것은 아오이가 이제까지 품고 있던 피아노에 관한 개념을 근본부터 뒤집을 정도의 충격이었기에…… 이 피아노가 머릿속에서 떠나지 않게 됐다. 원래 수험할 예정이었던 음대 부속 고등학교의 수험을 관두고, 그다지 잘하지도 못하는 공부에 죽을힘을 다해 이 학교에 입학한 것도 전부 이 피아노를 한 번 더 쳐보기 위해서였다. 그 염원이 이뤄져서 이 학교에 입학했고, 2년 만에 이 피아노를 치게 됐을 때는 보는 눈이 있는데도 울음을 터뜨리고 말았다. 그날 밤은 너무 흥분한 나머지 한숨도 자지 못했다.

1년 후에 여러 의미에서 부활동 파괴자인 유쇼가 입부하면서 동급생 부원 절반이 관뒀을 때도, 피아노보다 유쇼와의 교류가 목적인 여자부원을 질색하면서도, 결코 부활동을 관두지 않았던 것은 전부 이 피아노를 위해서다. 그런데…….

“동호회로 격하되는 것만으로도 위험한데…… 부실까지 빼앗겼다간, 분명 스테인을 회수해 갈 거야……!”

참고로 스테인은 아오이가 이 피아노에 멋대로 붙인 이름이다. 그리고 이 스테인은 기부된 것이 아니라, 어디까지나 대여된 것이다. 피아노부가 동호회로 격하될 뿐만 아니라 부실에서도 나가야 한다면, 소유주가 피아노를 회수할 게 뻔했다.

"어쩌지……? 어쩌면 좋지……?!"

즉, 기일까지 부원의 숫자를 회복하면 해결될 문제다. 하지만 그럴 수 있다면 이런 걱정을 하지 않을 것이다. 아오이도 아는 사람들에게 도움을 청해봤지만, 학교 전체에 악평이 퍼진 유쇼가 부장인 피아노부와 이제부터 얽히려 하는 사람은 없었다.

유쇼를 퇴부시키고, 원래 있던 피아노에 진심인 부원을 다시 불러올까도 생각했다. 하지만 지금 남아 있는 부원 중 두 사람은 추령제의 그 사건 이후에도 유쇼를 계속 따르고 있는 진정한 신도(열성팬)다. 유쇼를 쫓아내려고 한다면 그 두 사람이 가만히 있지 않을 것이며, 설령 셋 다 쫓아낸다면 남은 건 아오이 한 명뿐이다. 그 상황에서 부원을 네 명이나 추가로 확보하는 것 또한 난이도가 높았다.

(아무튼, 이제 시간이 없어…….)

정원이 미달되고 한 달 후에 동호회로 격하되는 것은 어디까지나 교칙이다. 실제로는 1년에 두 번 있는 정례 부활동 회의에서 요건이 충족되지 않는다면 격하되는 게 관례다. 그래서 아직 조금은 여유가 있으리라고 생각했는데…… 바로 그 타이밍에 경음악부 부장이 그런 타진을 해온 것이다.

"아아~ 정말! 일주일 안에 뭘 어떻게 하란 거야……!"

하지만, 객관적으로 보자면 정의는 경음악부에 있다. 교칙상 전혀 문제될 것이 없는 만큼, 아오이 측에게는 반론의 여지가 없다. 즉, 사면초가인 상황이다.

"아아아아~ 정말! 아아아아~ 정말!!"

아오이 자신이 그것을 자각하고 있기에…… 이렇게 발을 동동 구르며 욕설을 내뱉을 수밖에 없는 것이다.

"실례할게요."

"……!"

바로 그때, 뜻밖의 인물이 찾아왔다. 허둥지둥 그쪽을 쳐다보니, 입구에는 피아노 부원이 아닌, 안면이 전혀 없는 한 여학생이 서 있었다.

"무슨 일이야……? 입부하러 온 거라면 환영하겠지만, 그게 아니라면 나가주지 않겠어?"

방금까지 괴성을 질러댔던 것이 멋쩍었기에, 아오이는 퉁명한 어조로 그렇게 말했다. 하지만 그 여학생은 딱히 개의치 않더니, 옅은 미소를 머금으면서 문을 닫은 후, 「피아노부 부부장인 츠카모토 아오이 양이죠?」라고 물으면서 다가왔다.

"그런데, 너는 누구야?"

"제가 누구인지는 아무래도 상관없지 않을까요? 그것보다 문제인 것은 이 부실을 떠나야 한다는 점일 텐데요?"

처음 보는 상대가 지금 자신이 안고 있는 고민을 언급하자, 아오이는 눈썹을 찌푸렸다. 부실 교환 건은 아직 경음악부의 부장이 은밀히 타진한 일이기에, 아는 사람이 거의 없었다. 굳이 따지자면 경음악부 부원뿐이겠지만, 아오이는 음악실에서 이 여학생을 본 적이 없다.

(누구야……? 리본 색깔을 보니, 2학년 같은데…….)

윤기 넘치는 긴 흑발을 지녔고, 화장을 깔끔하게 한 미인이었다. 이렇게 사람의 눈길을 끄는 미인이 같은 학년에 있다면 소문 정도는 들어봤을 것 같은데…… 전혀 짚이는 구석이 없었다. 정체를 모르는 데다 엄청난 미인이기에, 오히려 섬뜩했다.

"그래서 뭐? 아까도 말했지만, 네가 입부라도 해주게? 그러면 환영하겠어."

"제 조건을 들어준다면, 그렇게 하겠어요."

"뭐?"

그 뜻밖의 대답을 듣고 기쁨보다 미심쩍음과 당혹감을 느낀 아오이에게, 여학생은 미소를 머금으며 말을 이었다.

"부부장님이 저의 제안에 응해준다면, 유령부원으로 피아노부에 들어갈게요."

"무슨 소리야……?"

명백하게 수상한 제안이지만 사면초가인 상황에서 찾아낸 한 줄기 희망이었기에, 아오이는 경계심을 품으며 그녀의 말에 귀를 기울였다. 그것도 예상한 바인 건지, 여학생은 여유로운 미소를 머금었다.

"너무 경계하지 마세요. 그저 제가 시키는 대로, 학생의회를 개최해 줬으면 하는 것뿐이니까요."

"학생의회……?"

뜻밖의 단어가 언급되자, 아오이는 미심쩍다는 투로 그렇게 대꾸했다.

확실히 최종 수단으로서 생각해 보지 않은 건 아니다. 하지만 그것은 너무 승산이 없어서 포기한 선택지였다.

그럴 만도 했다. 경음악부의 요구는 횡포라고 할 수 있을지도 모르지만, 틀린 말은 아니다. 객관적으로 봐서, 부실을 가질 권리가 없는 동호회로 격하되고도 부실의 양보를 거부하는 건 옳지 않다. 게다가 피아노부는 유쇼 탓에 이 학교에 다니는 많은 학생에게 반감을 샀다. 학생의회를 개최해서 학생에게 어느 쪽이 옳은지 따져달라고 한다면, 피아노부가 패배할 게 불 보듯 뻔했다.

"괜찮아요. 제 말대로 한다면, 이기지는 못해도 무승부는 가능할 테니까요."

"뭐? 무승부?"

상대방이 무모한 제안에 이어서 영문 모를 소리를 하자, 아오이는 더욱 불신감에 사로잡혔다. 애초에 학생의회에는 무승부가 존재하지 않는다. 첫 번째 투표에서 득표수가 똑같을지라도, 그렇게 되면 다시 토론을 거친 후에 투표할 뿐이다. 하지만 이 여학생은 아오이의 반응을 보고도 전혀 동요하지 않으며, 태연히 말을 이었다.

"만약, 투표에 부정행위가 있었다면 어떨까요?"

"뭐……?"

"만약 투표에서 부정행위가 있어서 공평한 투표가 불가능하다고 판단되고, 투표 무효인 상태에서 의회가 해산된다면? 그것은 무승부라고 할 수 있지 않을까요?"

"너…… 무슨 소리를 하는 거야?"

아오이는 이 여학생의 진의를 알 수가 없어서 제정신이 맞는지 의심하는 듯한 대꾸를 했지만, 그녀는 빙긋 웃으며 대답했다.

"부정행위가 일어날 거예요."

"그러니까, 무슨 소리를—."

"부정행위가 일어날 거예요. 당신은 그것을 지적하기만 하면 되죠."

"……."

개최 여부조차 결정되지 않은 학생의회에서, 부정행위가 틀림없이 일어난다는 게 대체 무슨 소리일까. 그것은 미래 예지, 예언이나 다름없다.

(어처구니가 없네. 진짜로 미래를 알 수 있다면, 내가 학생의회를 열 생각이 없다는 것도 알지 않아? 그런데 이렇

게 부탁을 하러 왔다는 건…….)

거기까지 생각이 미친 아오이는 경악과 전율에 사로잡히며 눈을 치켜떴다.

이 여학생이 한 말의 이면에 존재하는 강렬한 악의. 그것을 눈치채고 만 것이다.

"어쩔 거죠?"

"……."

"아까도 말했다시피, 제 말대로 움직여준다면 부실을 빼앗기지 않는다는 것을 보장해 주겠어요. 딱히 어려운 일은 아니에요. 학생의회를 개최한 후, 부정행위를 지적한다. 그것만으로 충분하죠."

"……."

이 여학생은 아오이가 눈치챘다는 것을 알면서도, 그녀가 뭐라고 답할지 안다는 듯이 미소를 머금으며 질문을 던졌다.

알고 있다. 이것은 악마의 유혹이다. 이 제안에 응한 탓에, 나중에 상상도 못 할 대가를 치르게 될 것이 뻔했다.

(하지만…… 다른 방법이 있긴 해?)

그런 것은 없다. 그 또한, 자신이 가장 잘 알고 있다.

"……!"

등 뒤에 있는 피아노를 쳐다봤다. 그리고 십여 초 동안, 맹렬히 고민한 끝에…….

"알았어……."

아오이는 악마의 손을 잡았다.

제 8 화 성모와 메이드와 옆트선과

방심보다 큰 적은 없다. 좋은 일에는 마가 많다. 이겼다고 방심하지 마라.

일이 잘 풀릴수록 더욱 정신을 바짝 차리라는 의미의 말은 많다. 그만큼, 우쭐대다 발목을 잡히는 인간이 많은 것이다. 그리고 아무리 충고를 해줘도, 인간은 방심하는 생물이라는 증거이기도 하리라. 또한, 인간은 따끔한 맛을 볼 때까지는 자기가 방심하고 있다는 것마저 눈치채지 못하는 것이다.

(아차……!)

그렇게 생각했을 때는, 이미 늦었다.

왜 더 일찍, 경계하지 않은 것일까. 이 녀석이 위험한 존재라는 건 전부터 알고 있었는데 말이다. 지금의 자신이라면 충분히 컨트롤할 수 있으리라 믿으며, 곁에 둔 것이 애초에 잘못일 것이다.

그런 뒤늦은 후회가, 무의미하게 머릿속에서 휘몰아쳤다.

요즘 들어, 마사치카는 일종의 무적 모드였다.

평소 같으면 이리저리 고민하며 머뭇거렸을 순간에 아리

사가 손을 잡아 끌어준 덕분에 의기양양해졌고, 자신을 가로막고 있던 문제들 또한 전부 잘 풀렸다. 여동생과는 속을 터놓고 이야기를 나눴고, 어머니와의 응어리 또한 어느 정도 해소됐으며, 외할아버지와의 교섭에서도 기대 이상의 성과를 거뒀다. 게다가 피아노를 마음 편히 연주할 수 있게 되면서, 관악부에서도 극찬을 받았다. 에레나와의 약속도 지킬 수 있을 것 같았기에, 「우오오오오오~. 잘은 모르겠지만 갈 데까지 가보자고오오—!」라는 느낌의 긍정적인 상태가 된 것이다. ……그러면서 빈틈을 보인 순간, 악마의 마수가 마사치카를 향해 뻗어왔다.

(두 번 다시…… 이 녀석에게, 마음을 허락하지 않겠어…….)

시야가 흐릿해지는 가운데, 마사치카는 그 녀석을 증오에 찬 눈길로 노려보더니…… 그대로 무너지듯 쓰러졌다.

그리고 잠시 후, **그 녀석** — 한창 드리블 중에 수비를 하러 온 상대 선수의 발에 맞고 튕겨나서 마사치카의 턱을 예리한 각도로 강타한 농구공 — 이 낙하하더니, 체육관 바닥에서 텅텅 하는 소리를 내며 튕겼다. 공은 언제 어느 때나, 마사치카의 천적이었다.

◇

“머리는 아프지 않니?”

“네.”

“구역질은?”

“안 나요.”

“으음~ 가벼운 뇌진탕 같네. 혹시 모르니 남은 수업을 쉬고, 침대에서 안정을 취하도록 해. 한동안 몸 상태를 살펴본 후, 문제가 없다면 돌아가도 돼.”

“알겠습니다…….”

“몸이 안 좋은 것 같으면 말하렴.”

“네.”

보건 선생님의 말에 따라, 마사치카는 침대를 가리는 커튼을 친 후에 체육복 차림으로 침대에 누웠다.

솔직히, 쓰러진 직후의 어지럼증 같은 증상은 다 나았기에, 교실로 돌아가도 괜찮을 것 같은 느낌이 들었다. 그래도 선생님의 지시에 순순히 따른 것은…… 단순히, 친구들 앞에 나서는 게 부끄러워서다.

(아니, 진짜로 한심하잖아……. 꼴사납다고.)

아까 자신의 꼴사나운 모습을 떠올린 마사치카는 침대 위에서 남들 몰래 수치심에 떨었다.

체육 수업 도중에 쓰러져서 보건실로 온 것은 꽤 큰 사건이다. 하지만 뚜껑을 열고 보면 상대 선수에게 방해를 받았다고는 해도 거의 자폭이나 다름없었다. 그나마 다행인 것은 체육 수업을 남녀가 따로 받아서, 여자애들에게 그 순간을 보여주지 않았단 것이다.

(아랴가 봤다면 정말 민망했을 거야……. 하아~. 인간은 역시 우쭐대면 안 된다니깐……. 뭐, 딱히 우쭐댔다고 생각하진 않지만 말이지.)

그래도 지금 생각해 보면, 자기가 마치 전지전능한 존재가 된 듯한 느낌에 사로잡혀 있었던 것 같기도 했다. 그렇지 않다면 농구에서 드리블이라고 하는 딱 손가락 삐기 좋은 만행을 저지르지 않았으리라.

(주정뱅이가 정신을 차릴 때까지는 자기가 취해있었다는 것을 자각 못 하는 것과 같으려나……. 뭐, 술에 취해 본 적 없어서 모르지만 말이야~.)

그런 생각을 하다 보니…… 무자각 전지전능 감각이 사라진 반동인지, 마사치카는 갑자기 멘탈이 바닥을 치기 시작했다.

(아~ 큰일 났네. 갑자기 비굴해지기 시작했어.)

이제 버릇이 된「나 같은 건 어차피……」같은 생각을 하기 시작한 마사치카는 어떻게든 의식을 다른 쪽으로 돌리려 했다. 하지만 체육 수업 중이었기에, 지금은 스마트폰을 가지고 있지 않았다.

(어쩔 수 없지~. 잠이나 자자…….)

그렇게 생각한 마사치카는 눈을 감더니, 천천히 숨을 쉬면서 의식을 집중했다. 그러자 운동 직후라 그런지, 서서히 의식이 흐릿해졌고…… 마사치카는 몇 분 후, 잠에 빠져 들었다.

◇

————, …………

커튼 너머에서 뭔가 소리가 들려온 바람에, 의식이 희미하게 깨어났다.

"으음……."

마사치카가 침대 위에서 기지개를 켜며 신음 같은 목소리를 냈을 때, 커튼 틈새로 낯익은 인물이 얼굴을 비췄다.

"어? 깨운 거야?"

"옆트임 선붸?"

"잠에서 깨자마자 그 호칭으로 부르다니…… 뭐, 됐어."

이런저런 인연이 있었던 수예부 부원은 쓴웃음을 머금으면서 마사치카가 마음속에 품고 있는 의문에 답해줬다.

"선생님이라면 회의하러 갔어. 그동안, 보건 위원인 내가 청소 겸 보건실을 지키고 있는 거야."

"아, 그렇구나……."

"참고로 아까 쿠죠 양과 남학생 두 명이 짐을 가져다줬어. 실은 방금까지 있었지만 말이야. 아, 그리고 오늘은 학생회를 안 한대."

"아, 응……."

옆트임 선배가 시선으로 가리킨 곳을 보니, 마사치카의 가방과 교복이 침대 옆에 놓여 있었다.

(타케시와 히카루일까……. 어, 아랴도 알게 된 걸까. 당연하겠지만…… 뭐, 간병해 주겠다고 남지 않아서 다행이긴 해.)

이런 어이없는 이유로 수업을 빼먹을 뿐만 아니라 간병까지 받는다면, 남자로서 너무 부끄럽다. 일전에 감기에 걸렸을 때, 집까지 병문안을 와줬던 아리사라면 「나는 남아서 간병할래」라고 말했을지도 모른다…… 싶지만, 어쩌면 같은 남자로서 마사치카의 자존심을 헤아린 타케시와 히카루가 그녀를 데리고 돌아갔을지도 모른다. 아니면 단순히, 아리사가 두 사람 앞에서 마사치카를 간병하겠다는 말을 못 꺼낸 것일지도 모른다. 어느 쪽이든 간에, 마사치카로서는 고마울 따름이다.

"몸은 어때? 선생님이 돌아와서 살펴보고 문제없으면, 돌아가도 된다던데 말이야."

"으음~. 뭐, 아까부터 괜찮기는 했는데……."

"아하하. 졸리나 보네……. 자도 돼. 나도 조용히 청소나

할게."

"그렇게 하겠어……."

반쯤 조는 상태에서 그렇게 대답한 마사치카는 다시 드러눕더니, 그대로 꿈나라로 떠났다.

◇

그날, 마리야는 아침부터 끙끙거리고 있었다.

왠지 가슴 깊은 곳이 부글부글 끓는 듯한, 울컥울컥하는 듯한, 하지만 불쾌하진 않은…… 그런 감각에 휩싸여 있었다. 며칠 동안 이어진 그 감각은 오늘 아침에 한계까지 부풀어 올랐고, 더는 억누를 수가 없었다. 그리고 이 감각이 무엇인지, 마리야 본인도 알고 있었다.

(나, 욕구 불만!!)

그 말을 입에 담지는 않으며, 그저 콧김만 세게 뿜었다.

이렇게 들으면 마리야답지 않은 혼의 외침 같을지도 모르지만…… 구체적으로 어떤 욕구인지 들으면, 그 생각도 바뀔 것이다. 그것은 바로…….

(으으으~!! 누군가를 귀여워 해주고 싶어, 쓰담듬어 주며 와락 끌어안고 싶어어어~!)

……란 것이다. 마리야의 욕구는 어리광을 받아주고 싶은 욕구…… 태어날 때부터 남들보다 곱절이었던 그녀의

모성이, 갈 곳을 잃은 채 스트레스가 되고 있었다.

물론, 그렇다고 해서 그 상대가 누구라도 괜찮은 건 아니다. 마리야는 인간 말종 마니아가 아니기에, 노력도 하지 않으며 그저 어리광만 부리는 인간에게는 전혀 끌리지 않는다. 오히려 질색한다. 그런 점이 성가시다고나 할까, 이해의 일치를 얻기 어렵달까…… 오히려 어리광을 부리지 않는 인간. 매우 노력하고, 남에게 약한 모습을 보이려 하지 않는 인간의 어리광을 받아주는 것을 좋아한다. 평소 좀처럼 솔직해지지 않는 사람이 자신에게 몸을 맡긴다. 어리광을 부릴 수 있는 상대로서 자신을 의지하며, 갈구한다. 그 순간에, 가슴이 터질 듯이 뛰는 것이다. 행복이 폭발하면서 「우와아! 지금 나한테 어리광을 부리는 거야?! 좋아, 얼마든지 받아줄게!!」라고 생각한다. 어릴 적부터 아리사의 매몰찬 태도에 단련을 받은 결과인 느낌도 들지만, 일단 그것은 제쳐두겠다.

또한 마리야는 스킨십도 매우 좋아한다. 좋아하는 사람과 몸을 찰싹 맞대고 있으면 훈훈함과 안도감을 느끼면서, 마음이 행복해진다. 평소에도 가족과 스킨십을 하지만, 이 나이가 되어서 부모에게 들러붙는 것에는 거부감이 있고, 여동생인 아리사는 항상 매몰차다. 그래서…….

(아아, 누가 나한테 어리광 좀 부려주지 않으려나…….)

좀처럼 공감을 얻을 수 없는 소망을 품고 있던 마리야에게…… 5교시와 6교시 사이의 쉬는 시간, 뜻밖의 정보가 전달됐다.

"뭐?!"

학생회 그룹 채팅방에 올라온 그 메시지를 본 순간, 무심코 그렇게 외치고 말았다. 무슨 일인가 싶어 자신을 쳐다보는 친구들에게 「미안해~, 아무 일도 아냐」라고 대답한 후, 마리야는 다시 그 메시지를 살펴봤다.

(다친 쿠제가 보건실에서 쉬고 있어……?)

메시지는 아리사가 오늘 학생회를 어떻게 할 건지에 관해 묻는 내용이었다. 오늘 유키는 도저히 빠질 수 없는 중요한 볼일이 있었고, 치사키는 선도위원 회의가 있어서 참가 인원이 적었다. 거기에 마사치카도 참가하지 못하게 되었기에, 어떻게 하면 좋을지를 아리사가 물었다. 토우야도 메시지를 확인한 건지, 곧 「딱히 급한 안건도 없으니, 이의가 없으면 중지」라는 내용의 메시지를 올렸다. 거기에 OK라고 적힌 고양이 스탬프를 단 후…… 마리야는 심장이 격렬하게 뛰는 것을 느꼈다.

(쿠제가…… 사아가, 아파하고 있는 거야……?)

그야말로 하늘이 내려주신 기회다. 거대한 의지가 마리야에게 마사치카를 돌보라고 명한 것이 틀림없다.

(기다려, 사아~! 내가, 간호해 줄게!)

가슴속의 모성이 최고조에 도달한 마리야는 남은 수업을

마음이 딴 곳에 간 상태에서 들은 후…… 종례가 끝나자마자 곧장 보건실로 향했다.

"실례합니다!"

그리고 마음이 들뜬 상태에서 보건실의 문을 열자…….

"안녕하십니까, 마리야 선배님……."

아야노가 자신을 쳐다보며 인사를 했기에, 커다란 눈을 껌뻑거렸다.

"아야노…… 혹시, 쿠제의 병문안을 온 거야?"

"네. 집까지 모셔다드릴까 해서……."

일전에 마사치카와 유키가 자신들이 남매라는 걸 밝혔을 때, 아야노가 원래 마사치카의 메이드였다는 이야기도 들었다. 그 점을 생각해 보면, 딱히 이상한 일은 아니다. 하지만…….

"아야노……. 미안한데, 오늘만 좀 양보해 주면 안 될까~?"

"네?"

"저기, 쿠제와 단둘이 나눌 이야기가 있어. 그러니까, 부탁할게!"

얼굴 앞에서 두 손바닥을 맞댄 마리야가 부탁했다. 하지만 아야노 또한 이것은 경애하는 주인에게 봉사할 기회다. 아무리 선배의 부탁일지라도, 쉬이 물러날 수는 없었다.

"죄송합니다만, 마사치카 님은 절대적으로 안정을 취하셔야 합니다. 중요한 이야기가 있으시다면, 내일 이후에 하시는 게 어떨지요.”

“으, 으음, 그렇게 어려운 이야기를 하려는 건 아닌데…… 저기, 쿠제에게는 항상 신세를 지기만 했으니까, 답례 삼아서 간병을 해주고 싶은 마음도…….”

아야노가 논리정연하게 반박하자, 마리야는 슬쩍 본심을 드러냈다. 하지만 아야노는 그 말을 듣고 물러날 마음이 싹 가셨다.

“그것은 제 역할입니다. 선배님께 수고를 끼칠 수는 없습니다.”

“어, 하지만…… 아야노한테도 신세를 많이 지고 있으니까, 때로는 나한테 맡겨줘도…….”

“신세를 지고 있는 건 서로가 마찬가지니까요. 선배님께서 신경 쓰실 필요는 없습니다.”

두 사람 다 정중하게 말하고 있지만, 물러설 생각은 눈곱만큼도 없었다. 미간을 모은 마리야와, 철벽의 무표정을 관철하는 아야노의 시선이 공중에서 부딪치는데…… 찰싹 하고 무릎을 때리는 소리가 들려와, 두 사람은 그쪽을 돌아봤다.

고개를 돌려보니, 이쪽에 등을 보인 채 묵묵히 청소하던 보건 위원이 다리를 크게 벌린 엉거주춤한 자세로 두 사람을 올려다보고 있었다.

“좋습니다! 개인적으로 쿠제 씨에게 사과할 일도 있으

니, 이 승부는 제가 맡도록 하죠!"

"어, 어? 너는, 수예부의……."

"두 사람 중 누가 쿠제 씨를 간병할 것인지, 어필 대결로 결정하는 게 어떻겠습니까?"

""어필 대결……?""

동시에 고개를 갸웃거린 마리야와 아야노를 향해, 옆트임 선배가 수상한 미소를 지었다.

◇

"으음……."

불현듯 잠에서 깬 마사치카는 천장을 올려다보며 천천히 눈을 깜빡였다.

(지금, 몇 시지……? 으음, 아까 깼을 때는 방과 후였는데……?)

방금 잠에서 깬 탓에 멍한 머리로 그런 생각을 하던 마사치카는 인기척이 느껴졌기에 침대 옆을 쳐다봤다. 그리고, 그대로 얼어붙어 버렸다.

"아, 안녕, 쿠제."

"안녕하십니까, 마사치카 님."

"……."

두 사람이 인사를 건넸지만, 마사치카는 대답하지 못했

다. 왜냐하면 상대는…… 동정을 죽이는 여의사와 미니스커트 백의의 천사였기 때문이다.

(그래……. 꿈이구나.)

즉시 그렇게 판단한 마사치카는 다시 머리를 베개에 올려놨다. 그러자, 침대 옆에 서 있던 두 사람이 허둥지둥 좌우에서 다가왔다.

"아앗, 잠들지 마~. 잘 거면 한 명을 고른 후에 자~."

가슴 부분이 크게 트여 있는 소위『동정을 죽이는 스웨터』위에 흰색 가운을 걸친 마리야가 왼편에서 애원했다.

"마사치카 님, 누구한테 간병을 받고 싶습니까?"

가슴에 하트 모양 구멍이 뚫렸고, 등에 조그마한 흰색 날개가 달린 간호사복을 입은 아야노가 오른편에서 무표정한 얼굴로 쳐다보고 있었다. 이 상황은 대체 뭘까.

막 잠에서 깬 머리로 이해하기에는 너무 헤비한 상황이었기에, 마사치카는 몇 초 동안 굳어버린 후…… 정색하며 대답했다.

"아니…… 그냥 선생님이 간병해 줬으면 좋겠는데요."

그 말을 들은 마리야가 눈을 반짝이는 모습과, 아야노가 경악하면서 눈을 치켜뜨는 모습을 본 마사치카는 자기가 방금 한 말이 오해를 불렀다는 것을 눈치챘다.

"정말이야?! 와아! 자~, 그럼 자자~."

"아니, 잠깐만, 제가 말한 선생님은 보건실 선생님이라고요!"

마리야가 침대를 향해 몸을 내밀었기에 허둥지둥 오해를 풀려 했지만, 모성이 폭발한 그녀는 마사치카의 말이 귀에 들어오지 않는 것 같았다.

침대에 팔꿈치를 댄 마사치카는 즉시 상체를 일으키려 했다. 하지만 마리야는 재빨리 베개를 치우더니, 그 대신 자기 다리를 그 자리에 두면서 마사치카의 어깨를 눌러 강제 무릎베개를 시켜줬다. 그 엄청난 속도에, 마사치카는 얼이 나가며 눈만 껌뻑였다.

바로 그 타이밍에 반대편에서도 침대가 삐걱거리는 소리가 들려오더니, 오른편에서 뻗어온 손이 마사치카의 머리와 어깨를 움켜쥐고 확 잡아당겼다.

"마리야 선배님, 안 됩니다! 마사치카 님은 마리야 선배님이 아니라, 보건실 선생님이라고 말한 것이에요!"

그렇게 말한 아야노는 자기 무릎 위에 마사치카의 머리를 얹었다. 하지만 곧 마리야도 팔을 뻗더니, 마사치카의 머리를 확 잡아당겼다.

"아냐! 분명 선생님이라고 말했어!"

"그러니까! 그게 착각이란 겁니다!"

마리야는 어린애 같은 주장을 했고, 아야노는 웬일로 약간 언성을 높였다. 두 사람은 마사치카의 어깨와 머리를 움켜쥔 채, 서로를 향해 얼굴을 쑥 내밀었다. 그 결과, 의도치 않게 가슴 샌드위치란 상황이 발생했다.

오른편에서 말캉말캉, 왼편에서 말랑말랑하면서 부드러운 감촉이 느껴졌다. 으음~. 이렇게 되자 남자의 본능이 자연스럽게 선생님(여의사) 쪽으로 기울어갔다.

(어엇! 이거, 안에 안 입은 거 아냐?!)

귀와 볼을 통해 느껴지는 **부드러운** 감촉 탓에, 두 사람의 옷을 봤을 때부터 「어? 구멍의 위치와 트임의 크기를 생각하면, 속옷이 보여야 할 텐데?」 같은 생각을 하던 마사치카는 자기 생각이 옳았다는 사실을 깨달았다.

(아니, 아까부터 속살이 계속 닿고…… 어? 구멍? 트임?)

그제야 마사치카는 이 사태를 일으킨 인물이 아까 실내에 있었다는 것을 떠올렸다.

"옆트임 선배!!"

"네, 오래 기다리셨어요~."

침대를 가리는 커튼을 걷으며 등장한 이는 바로 라운드걸 복장을 한 옆트임 선배였다. 방금 갈아입은 건지, 자기 옷차림을 살피며 안으로 들어온 그녀는 침대 위의 광경을 보더니 그대로 멈춰서고 말았다.

"와우……. 상상 이상으로 부럽고 재미있는 사태가 벌어졌네. 나랑 바꿔줘."

"너까지 왜 그런 복장을 한 건데?"

"아, 실은 심판 복장을 하고 싶었는데…… 없었거든. 뭐,

에로 심판인 거로 해줘."

"애초에 왜 심판을……."

"이 여자 간의 싸움의 판정을 내리기 위해서랄까?"

"무슨 소리야?"

무슨 소리인지 전혀 이해하지 못한 채 의아해하기만 하는 마사치카를 무시한 옆트임 선배는 헛기침을 한 번 한 후에 마리야와 아야노를 불렀다.

"자, 두 사람 다 일단 떨어지시죠. 여자는 힘으로 승부하는 게 아닙니다. 마침, 잘됐군요. 제1회전은 무릎으로 승부하도록 할까요!"

"아니, 분위기가 왜 이래?"

"그럼, 우선 쿠죠 선수부터 시작해 주십시오!!"

"웬 선수?"

옆트임 선배의 영문 모를 소리를 들을 때마다 태클이 샘솟았지만, 어찌 된 건지 두 사람 다 심판의 말을 따르는 것 같았다. 그리하여 마사치카의 머리는 다시 마리야의 무릎 위에 놓였다.

"……."

"그럼, 다음! 키미시마 선수!"

이어서 아야노의 무릎 위에 마사치카의 머리가 놓였다. 뭔가 판정을 해야 하는 것 같았기에, 일단 뒤통수에서 느껴지는 감촉을 비교해 보니…….

(아니, 솔직히 높이와 무릎 폭 정도의 차이밖에 모르겠는데…… 뭐, 마샤 씨가 조금 더 부드러웠을까? 하지만, 목의 각도를 고려하면…….)

"그럼 쿠제 씨! 판정을 내려주십시오!"

"아야노."

"키미시마 선수의 승리~!"

"뭐~! 쿠제, 어째서~?!"

"아니, 그게……."

이유를 밝히자면, 감촉 이전에 마리야의 무릎을 벴을 때 보이는 광경이 눈에 너무 독이었다. 글래머에게 스웨터는 반칙이라고 생각해요. 형태가 확연하게 드러나니까요.

"그럼 이어서, 곁잠 승부!"

"어, 2회전도 있어?"

"쿠죠 선수!"

"……."

마사치카의 왼편에 누운 마리야가 자애에 찬 미소를 머금으며 그를 쳐다봤다.

"이어서 키미시마 선수!"

"……."

마사치카의 오른편에 머뭇머뭇 누운 아야노는 무표정한 얼굴로 그를 응시했다.

"판정을 내려주시죠!"

"아야노."

"어째서~!"

"아니, 그게……."

이유를 밝히자면 이하 생략. 저런 옷차림으로 한 침대에 누워 있으니, 저 가슴의 트인 부분에 시선이 빨려 들어갔다.

(애초에 이런 동정을 죽이는 여의사 앞에서 안정을 취하는 게 무리라고.)

마사치카가 공허한 눈빛을 머금으며 그런 생각을 하고 있을 때, 마리야는 얼굴을 확 찡그리면서 울먹이는 목소리로 말했다.

"쿠제는…… 내 어디가 싫은 거야?"

"어엇?! 아니, 저기……."

생각보다 심각한 반응을 보고 당황한 마사치카는 아야노와 옆트임 선배를 힐끔 쳐다본 후에 마리야의 귓가로 입을 가져갔다.

【너무 섹시해서, 안절부절못하겠어요.】

입을 손으로 감추면서 그렇게 속삭이자…… 마리야는 목에 팔을 두르면서 그대로 모성의 폭력을 자행했다.

"아아, 다행이야! 정말, 그러면 그렇다고 딱 잘라 말해주지 그랬어."

『그 복장으로 이러면 안 된다고요오오오오?!』

마사치카는 그렇게 외쳤지만, 니트에 휩싸인 그의 목소

리는 남들 귀에 신음처럼 들렸다.

(잠깐만, 코가 트인 부분에— 야호! 노브라라서 화끈하게 파묻히네~!)

자포자기한 나머지 머릿속으로 그렇게 외치는 마사치카의 어깨를, 다른 사람이 등 뒤에서 움켜잡았다.

"마리야 선배님! 승부는 제가 이겼습니다!"

그대로 뒤편으로 잡아당겨…… 잡아당, 겨…… 마샤가 한사코 놓아주지 않았다.

"마사치카 님은 안정을 취하셔야만 해요!"

이 녀석이 이제 와서 무슨 소리냐 싶은 소리를 늘어놓으면서, 아야노는 마사치카를 어떻게든 마리야에게서 떼어내려 했다. 그 바람에 아야노의 몸이 마사치카의 등에 밀착했고, 또 그는 전후 가슴 샌드위치 상태가 됐다.

(흐음~. 이게 바로 유키가 환장하는 가슴 베개구나~. 엄청 야하네~.)

현실 도피하며 그런 생각을 하고 있지만, 실은 꽤나 위기 상황이었다. 그도 그럴 것이 코와 입과 볼이 부드러운 물체에 완전히 막힌 탓에, 물리적으로 숨을 쉴 수 없다.

"농담이 아니고 진짜로 나와 바꿔줘."

마사치카가 위기에 처했다는 걸 아는지 모르는지, 옆트임 선배는 두 사람을 말리기는커녕 스마트폰으로 마구 사진을 찍어댔다. 그런 그녀를 향해 도움을 청하듯 뻗고 있던 마사치카의 오른손이…… 그대로 침대 위에 축 늘어뜨려졌다.

◇

“저기~ 두 분? 슬슬 쿠제 씨를 놔줬으면 하는데…… 더 그러고 있다간 진짜로 죽어버릴 거야.”

마사치카를 꼭 끌어안은 채 머리로 하트 마크를 흩뿌리고 있는 마리야와 무표정한 얼굴로 필사적인 아야노, 그리고 그 두 사람 사이에 끼인 채 축 늘어진 마사치카를 본 옆트임 선배는 약간 어처구니없어하면서 그렇게 말했다. 그런 그녀의 귀가, 이쪽으로 다가오는 누군가의 목소리를 들었다.

(어, 큰일 났다.)

허둥지둥 커튼 밖의 벽시계를 보니, 어느새 보건 선생님이 돌아오겠다고 예고한 시간의 3분 전이었다.

(큰일 났다~. 이런 옷차림으로 있다간 혼날 거야!)

강렬한 위기감이 등을 타고 흘러내렸지만, 이미 늦었다.

“……!”

문에 달린 창문 너머로 선생님의 얼굴이 보이자, 옆트임 선배는 눈을 치켜떴다. 하지만 다행스럽게도 선생님은 같이 온 학생과 이야기를 나누고 있는 건지, 아직 안으로 들어오지 않았다.

(어어어어, 어쩌지?! 으음, 으음…….)

교복은 옆 침대에 놓여 있다. 모 아니면 도라는 심정으로 옆 침대로 몸을 날린 후, 커튼을 친다는 건…… 위험 부담이 너무 컸다.

(옷 갈아입는 와중에 말이라도 걸어오면 끝장이잖아! 으음…….)

필사적으로 머리를 굴리며…… 침대 위에 있는 마리야를 본 순간, 좋은 생각이 떠올랐다.

"저저저저, 저기, 쿠죠 선배! 그 가운 좀 빌려줘요!"

"어, 어어~?"

당황한 마리야한테서 반쯤 강제로 흰색 가운을 빼앗은 후, 배가 훤히 드러난 라운드 걸 의상 위에 그것을 걸치고 앞 단추를 전부 채웠다.

(으음, 이 정도면 얼버무릴 수 있을까? 응, 아마 괜찮을 거야!)

억지로 자기 자신을 납득시킨 옆트임 선배는 커튼 틈새로 다시 얼굴을 내밀어서 바깥 상황을 살핀 후, 옆에 있는 침대로 뛰어갔다.

반쯤 걷힌 커튼 안으로 뛰어들어서 세 사람의 옷과 짐을 챙긴 후, 커튼 아래편의 틈새로 집어넣듯 옆자리로 전달했다.

"내가 선생님의 주의를 끌 테니까, 그 틈에 빨리 옷을 갈아입어!”

커튼 너머로 그렇게 말을 건넨 순간, 드디어 이야기를 마친 선생님이 학생에게 작별 인사를 하면서 보건실에 들어왔다. 그리고 흰색 가운을 걸친 옆트임 선뷁를 보더니, 한순간 움찔하면서 미간을 좁혔다.

“왜…… 가운을 걸친 거야?”

“아, 저기, 보건 위원으로서, 복장도 신경 써야 할 것 같아서요.”

“하아, 그래…….”

“저기, 선생님! 청소를 하다 좀 신경 쓰인 곳이 있는데, 물어봐도 될까요?”

“응? 뭐…… 말해 보렴.”

“네. 이 선반 말인데…….”

이대로 밀어붙이자고 생각한 옆트임 선뷁는 선생님을 침대에서 떨어진 곳에 있는 선반으로 유도했다.

그리고 머리를 굴리면서 어찌어찌 시간을 끄는 사이…….

“이익?!”

커튼이 쳐진 침대 너머에서 마사치카의 괴성이 들려오자, 옆트임 선뷁는 뭔가 일이 터졌다는 것을 어렴풋이 눈치챘다.

(아…… 보통은 여자가 소리를 질러야 하지 않아?)

“쿠제? 왜 그래?”

“아…… 죄송합니다. 아무것도 아니에요.”

마사치카가 억눌린 목소리로 선생님에게 대답하자, 옆트임 선배는 절실한 마음으로 생각했다.

(나, 이 정도면 쿠제 씨에게 밥 한 번 얻어먹어도 괜찮지 않을까?)

◇

(옆트임, 절대 용서 못 해.)

학생회실에서의 여름 교복 갈아입기 사건을 방불케 하는 사태를 일으킨 것으로 모자라, 돌아가는 길에 어깨 툭툭& 엄지척으로 「소년, 눈호강했지?」라고 말한 여학생의 얼굴을 떠올린 마사치카는 마음속으로 저주를 퍼부었다. 아까 그런 일이 있고 나서 셋이 함께 하교해야 하는 자기 처지를 생각 좀 해달라고 외치고 싶은 심정이었다.

“아, 평소에는 상대방의 슛을 막는 데만 치중하거든요? 하지만 오늘은 막아낸 공을 손에 쥔 순간, 잘은 모르겠지만 「어라? 대각선 방향이 빈 것 같네? 할 수 있어!」라고 생각해 버려서…… 익숙하지도 않은 드리블을 한 결과, 이 처지가 된 거예요.”

“어머나~, 참 큰일이었겠네~.”

마사치카는 오늘 자기가 벌인 추태를 약간 과장하면서

재미있게 이야기해 줬다. 마리야는 그 이야기를 듣고 웃으며 고개를 끄덕였지만…….

“마샤 씨는 구기종목을 잘해요?”

“아, 으음~. 글쎄~. 그렇게 잘하는 편은 아니지만…… 운동을 좋아하긴 해.”

마사치카가 마리야를 힐끔 쳐다보자, 그녀는 얼굴을 붉히며 고개를 돌렸다. 아까부터 이런 일이 계속 반복됐다. 마리야가 평소보다 더 부끄러워하자, 마사치카는 계속 페이스가 흐트러졌다.

“흐음~. 그러면 체육 중에서 뭘 좋아하는데요?”

“으음, 그게…… 오래달리기?”

“오래달리기?!”

“술래잡기 같아서, 좀 재미있지 않아?”

이야기를 나누는 와중에도, 마리야는 시선을 마주하지 않으며 앞만 쳐다보고 있었다. 그녀의 태도가 어딘가 어색하다고 생각하면서도, 마사치카는 대화를 멈추지 않았다. 대화를 멈췄다간, 거북한 침묵이 찾아오리라는 게 쉬이 예상되어서다.

(왜 이렇게 부끄러워하는 거지……? 일전의 여름 교복 사건 때는 이렇게 동요하지 않았는데…… 아, 그때와 똑같이 여기면 안 되려나.)

역시 브래지어 착용 여부 탓일까. 하지만 그런 것치고

는, 아까 마사치카가 목격한 순간에는 그렇게 당황하지 않았던 것 같은데…….

(아니, 동요하지 않는 게 이상한 거야. 아야노가 평소처럼 무덤덤해서, 판단을 내리기 어렵지만…….)

지금도 한 걸음 뒤에서 이야기를 듣는 데 집중하고 있는 소꿉친구는 평소와 별반 다르지 않아 보였다. 아까 사과했을 때도 「마사치카 님께서 사과하실 일은 없습니다」라고 담담하게 대답했으며, 적어도 표면상으로는 멋쩍음이나 수치심 같은 것을 전혀 느끼지 않는 것 같았다.

(하지만…… 아야노는 아까 엄청 고집을 부렸달까, 웬일로 감정을 겉으로 드러내고 있었어……. 평소에 비해 여유가 없어 보였는데…….)

그러고 보니 마리야도 약간 폭주하는 느낌이었다. 마사치카를 향한 호의를 전혀 숨기려 하지 않았다고나 할까…….

(……아, 역시 내가 쭉 어중간한 태도를 보인 탓이겠지.)

그렇게 생각한 마사치카는 자기 혐오에 빠졌다. 마리야의 「먼저 아랴의 마음과 진지하게 마주해 줬으면 한다」는 말을 핑계 삼아, 마리야가 자신에게 보이는 호의에 쭉 대답을 보류해 왔다. 마리야가 아까 폭주한 것은 오랫동안 자기 마음을 억눌러 왔기 때문이 아닐까…… 그렇게 추리한 마사치카는 결심했다.

(응…… 그래. 상대방의 호의에 기대서, 진지하게 마주하

는 것을 미루는 짓은 관두자.)

그런 일로 후회하는 건, 여동생과의 일만으로 충분했다.

아리사의 마음과도 진지하게 마주하겠다. 하지만 그것을 핑계 삼아, 마리야의 마음과 마주하는 것을 미루지도 않겠다. 지금, 그러기로 결심했다.

(아아, 그래. 지금의 나는 긍정적인 상태야. 용기백배, 무적 모드라고.)

공에 급습을 당하고 수그러들었던 전지전능 감각이 다시 고개를 치켜들었다.

"배웅해 줘서 고마워~. 두 사람도 조심해서 돌아가~."

웃는 얼굴로 그렇게 말하며 손을 흔든 후, 맨션 안으로 들어가는 마리야를 향해…… 마사치카는 걸음을 내디뎠다.

"저기, 마샤 씨!"

마사치카가 마리야를 뒤쫓으며 맨션의 홀로 들어서자, 그녀는 깜짝 놀란 얼굴로 그를 돌아보았다. 그런 마리야를 향해, 마사치카는 마른침을 삼킨 후에 이렇게 말했다.

"저기, 운동회 때 했던 데이트 약속 말인데요……."

"아, 아아~ 그거? 그거라면, 이제 됐어."

"네……?"

마리야가 약간 거북한 듯이 허공을 슬쩍 쳐다보면서 웃자, 마사치카는 기세가 꺾이고 말았다.

"잘 생각해 보니, 데이트는 강요해서 할 게 아니니까……

쿠제를 곤란하게 만들고 싶었던 게 아니니까, 그냥 됐어."

"아, 그런가요……."

"응……."

미안해하듯 눈을 살짝 내리깔며 웃고 있는 마리야의 표정에서는…… 자신을 억누르는 데 익숙한, 어른의 분위기가 감돌고 있었다.

(아아…… 유키와 마찬가지인 거야.)

직감적으로 눈치챘다. 마사치카는 마리야가 그런 표정을 짓고 있는 것이, 저런 표정을 짓게 만든 자신이 마음에 들지 않았다.

"알겠어요."

마사치카는 한 번 고개를 끄덕인 후, 시선을 내리깔고 있는 마리야에게 이렇게 말했다.

"그러면, 제대로 신청하겠어요."

"뭐?"

허를 찔린 표정으로 고개를 든 마리야의 눈동자를 응시하며, 마사치카는 말했다.

"마샤 씨, 방학식 다음 날. 12월 25일 크리스마스에 저와 데이트해 주세요."

마사치카가 그렇게 부탁하자, 마리야는 눈을 한껏 치켜뜨더니…… 다음 순간, 마사치카에게 뛰어들어서 꼭 끌어안았다.

"응! 좋아!"

그리고 그대로 마사치카의 볼에 자기 볼을 맞댄 후, 얼굴을 살짝 때면서 그의 귀에 속삭였다.

"미안해. 나, 아까 태도가 좀 이상했지?"

"어? 아, 그건 어쩔 수 없다고 생각해요……."

"아니, 그래서가 아냐. 실은……."

마사치카의 귓가에서 부끄러운 듯이 웃음을 흘린 마리야는 열띤 목소리로 속삭였다.

"보건실에서 나한테 러시아어로 말했지? 그때, 옛날 생각이 나서…… 가슴이 엄청나게 뛰었어."

마리야의 열기를 머금은 숨결이 귓불에 닿은 직후, 그보다 더 뜨거운 입술이 마사치카의 볼에 닿았다.

"……?!"

"으음……."

쪽 소리를 내면서 입술을 뗀 후, 마리야는 포옹을 풀었다.

【그럼 잘 가, 사아! 기대하고 있을게!】

그 후, 마리야는 어린아이 같은 환한 미소를 머금으며 뛰어갔다. 마치 매료된 것처럼 그 모습을 멍하니 쳐다보던 마사치카는…… 몇 초 후, 화들짝 놀라며 뒤쪽을 돌아봤다.

그리고 홀의 자동문에 가려서 아야노의 모습이 보이지 않자, 마사치카는 안도의 한숨을 내쉬었다.

(다행이야……. 만약 방금 그걸 봤다면 둘러대느라 큰일

이었겠지.)

당황한 탓인지 마리야 탓인지는 모르겠지만, 몸이 확 뜨거워지면서 온몸에 땀이 뱄다. 그것을 자각한 마사치카는 교복 앞섶을 펄럭이며 안쪽으로 바람을 불어넣은 후, 스마트폰의 전면 카메라로 자기 얼굴을 확인했다.

(좋아……. 딱히 자국은 안 남았네……. 하앗! 평정심, 평정심.)

주문처럼 마음속으로 그렇게 되풀이해서 중얼거린 마사치카는 표정을 정돈했다. 십여 초 후, 평정심을 되찾았다고 판단한 마사치카는 맨션 밖으로 나가서 아야노에게 다가갔다.

"미안해. 기다렸지?"

"아뇨, 개의치 마시길."

아야노의 반응은 평소와 다름없었다. 갑자기 선배를 쫓아간 주인을 보며 의문을 느꼈을 테지만, 그 이유를 캐묻지 않았다.

"돌아갈까……?"

"네."

자기 집으로 향하면서, 마사치카는 아야노를 곁눈질했다.

(역시…… 딱히 평소와 다르지는 않아.)

하지만 평소와 다르지 않은 그 태도를 보면서— 지금은 가슴을 떨리게 하는 위화감이 느껴졌다. 오랫동안 함께 지내온 데서 비롯된 직감이지만…… 저 무표정의 이면에 무언가를 감추고 있는 듯한, 억누르고 있는 듯한…… 그런 느낌이 들었다.

“아야노.”

“네.”

“무슨 일 있지?”

멈춰 선 마사치카는 아야노에게 솔직하게 물었다. 마사치카가 무슨 일이 있다는 것을 전제로 하며 확신에 찬 질문을 던지자, 아야노는 주인을 올려다봤다.

그리고 잠시 침묵한 후, 담담한…… 그러면서 굳은 어조로 말했다.

“예전에 마사치카 님은 저에게 말씀하셨습니다. 제가 그 누구보다도 유키 님의 편에 서줬으면 한다고 말입니다.”

“응? 맞아.”

“저는 지금도, 그 말을 가슴에 품고 행동하고 있습니다.”

“…….”

그것은 아야노의 결의 표명이자…… 동시에 거절이기도 했다.

(즉…… 대립 후보인 나에게는, 이야기해 줄 수 없다는 건가.)

그 짤막한 말에 담겨 있는 단호한 의지를 헤아린 마사치카는 쓸쓸한 웃음을 흘렸다.

“그래……. 알았어.”

“이해해 주셔서…… 감사합니다.”

“아니, 이해해. 네 시녀로서의 신념이 얽혀 있는 거잖아.”

신경 쓰지 말라는 마음을 담아 아야노의 어깨를 가볍게 두드려준 마사치카는 다시 걸음을 뗐다. 그리고 분위기를 환기하려는 듯이 농담 투로 말했다.

“아~ 하지만 아무리 시녀라도 싫은 건 싫다고 말해. 유키의 오타쿠 취미나 무모한 요구를, 하나부터 열까지 다 받아줄 필요는 없어.”

“주인의 기쁨이 저의 기쁨입니다. 전혀 싫지 않아요.”

“정말이야……? 나, 걔 때문에 네 상식이 이상해진 건 아닌지 걱정인데…… 오늘도 옆트임의 심오한 코스프레 의상을 별 거부감 없이 입었잖아…….”

“심오, 한 겁니까.”

“너, 역시 상식이 망가진 것 맞지? 노출에 대한 거부감이 줄어든 거 아냐?”

“마사치카 님 이외의 이성에게 속살을 보여준 적이 없으니, 문제없다고 생각합니다.”

“아니, 그런 문제가…… 그런 문제 맞나? 잠깐만, 나한테도 보여주지 말라고. 가리는 척 정도는 하란 말이야.”

“마사치카 님께 보여드릴 수 없는 곳은 단 한 군데도 없습니다.”

“그래도 좀 숨겨…… 아, 전에도 이런 이야기를 나눴던 것 같네…….”

평소와 마찬가지로, 어딘가 핀트가 어긋났는데도 왠지 마음이 편안해지는 대화가 이어졌다.

하지만 그 와중에도…… 마사치카는 아야노의 태도에서 어딘가 평소와 다른 불길한 위화감을 느끼고 있었다.

◇

“…….”

마사치카를 집까지 배웅한 후, 스오우 가문의 차로 귀가한 아야노는 자기 방에서 스마트폰을 응시하고 있었다.

(그래, 이건…… 유키 님을 위한 일입니다.)

마음속으로 그렇게 중얼거린 아야노는 몇 번이나 망설인 끝에, 전화를 걸었다. 신호가 몇 번 간 후, 스마트폰에서 들려온 것은 나른한 느낌의 상냥한 목소리였다.

『여보세요, 아야노노? 이 시간에 무슨 일이야~?』

“밤늦게 전화 드려 죄송합니다, 노노아 양. 저기—.”

침으로 입술을 적신 후, 아야노는 마음을 굳히며 말했다.

“일전에 말씀하신, 제가 바라는 미래를 손에 쥘 방법에 관해 자세히 듣고 싶습니다만…….”

제 9 화 개막

"피아노부 부부장이 학생의회를 신청했어."

회의가 시작되자마자 토우야는 그렇게 말했고, 마사치카는 「아, 그때 그……」라고 생각하며 눈썹을 찌푸렸다.

(유쇼가 말했던 그거구나. 노노아가 뭔가를 꾸미고 있다던…….)

유쇼가 말한 전혀 근거 없는 트집을 떠올린 마사치카는 입가를 일그러뜨렸다.

(아무리 노노아를 싫어해도 그렇지, 진짜 말도 안 되는 소리라니까……. 게다가 그걸 노노아의 친구인 나를 일부러 찾아와서 말한 게 이해 안 돼. 그 녀석의 신경은 대체 어떻게 되어 먹은 거야?)

마사치카가 마음속으로 유쇼에게 짜증을 내고 있을 때, 아리사는 토우야에게 물었다.

"어떤 내용인가요?"

"그게 말이지……. 실은 이번 주 금요일에 피아노부는 정원 미달로 교칙상 동호회로 격하돼. 그리고 이 타이밍에, 경음악부에게 부실을 교환해 줬으면 한다는 말을 들은 것 같아. 그 부실 교환의 시시비비를 학생의회에서 따지고 싶다는군."

"경음악부, 말인가요."

"그래……. 동호회에는 부실을 가질 권리가 없고, 부원수를 생각해도 경음악부의 요청은 옳지……. 하지만 피아노부로서는 역사와 전통 있는 부실에서 쫓겨나는 것을 받아들이기 어려울 거야……."

이성적으로는 경음악부의 요구를 이해하면서도 감정적으로는 피아노부의 저항도 이해가 되기에, 토우야는 표정을 굳히며 팔짱을 꼈다.

바로 그때, 비스듬히 앉아 있던 치사키는 위로하듯 토우야의 팔을 가볍게 두드렸다.

"신경 써봤자 소용없어. 신청이 있었으니, 우리는 공정하게 학생의회를 운영할 뿐이잖아."

"치사키…… 그래, 네 말이 맞아."

하마터면 의자에서 굴러떨어질 뻔한 토우야는 자신을 배려해 주는 연인을 향해 깊이 고개를 끄덕였다.

"그래. 치사키의 말이 옳아. 어떤 내용이든 간에, 우리는 묵묵히 학생의회를 운영할 뿐이야."

""""""""네.""""""""

학생회장과 부회장이 말을 들은 다른 임원들이 한목소리로 대답했다. 그 대답에서 힘을 얻은 것처럼, 토우야는 마음을 다잡으며 신청서를 훑어봤다.

"좋아. 개회는 피아노부의 폐부가 결정되기 전날…… 이번 주 목요일이야. 솔직히 말해, 좀 더 일찍 신청해 줬으면 좋았겠지만……."

"이때까지 폐부를 피할 방법이 없는지, 부원을 확보할 방법이 없는지 계속 찾아다닌 거려나요. 하지만 결국 방법을 못 찾아서 신청을 한 게 아닐까요?"

"아, 그래. 그러고 보니 부원만 확보하면 해결되는 문제인가……. 뭐, 됐어. 그러면, 각자의 역할을 정하도록……."

"저기, 회장님. 죄송하지만 실은 그날, 제가 꼭 빠질 수 없는 중요한 일이 집안에 있어서……."

"으음, 그래?"

"죄송해요……. 대신 홍보지 작성과 점심 방송에서의 공지 등은 제가 맡겠어요."

"그래 주면 고맙지. 시간이 얼마 없지만, 잘 부탁해."

"아뇨. 홍보지는 과거의 자료를 이용하면 금방 만들 수 있으니 개의치 마세요."

유키가 웃으면서 그렇게 말한 후, 마사치카도 슬쩍 손을 들었다.

"저기, 회장님. 이 상황에서 이런 말을 하려니 좀 그렇긴 한데…… 저도 그날, 관악부 연습이 있어요."

"아, 쿠제가 참가 못 하는 건 알고 있었으니까 신경 쓰지

마. 그리고 건의자가 피아노부인 만큼, 그쪽과 얽힌 적이 있는 네가 참가하지 않는 편이 여러모로 무난하겠지."

"아~ 그것도 그렇군요……."

유쇼를 피아노 대결이라고 하는 특수한 형식의 토론회로 박살 내서, 피아노부 붕괴의 계기를 만든 사람은 다름 아닌 마사치카다. 그런 마사치카가 피아노부의 향후와 연관된 학생의회에 참가한다면, 건의자인 피아노부로부터 괜히 의심을 사거나 원망을 받을지도 모른다.

(으음~. 노노아가 뭔가 일을 벌일지도 모르니까 나도 참가하는 편이 좋겠지만…… 트러블을 피하려면, 오히려 참가 안 하는 편이 무난하려나. 에레나 선배도 목요일 연습 때 피아노 파트 협의를 할 거니까, 꼭 참가해 달라고 했잖아.)

조금 불안하지만, 마사치카는 토우야의 말에 납득하며 고개를 끄덕였다.

"죄송해요. 준비는 열심히 도울게요."

"그래, 부탁해. 다른 사람들은 괜찮아? 이번 의회는 거수투표가 아니라 홍백투표로 정해졌으니까, 평소보다 일손이 필요한데……."

"어머, 홍백투표인가요?"

유키는 뜻밖이라는 투로 그렇게 말했고, 마리야는 고개를 갸웃거렸다.

"그게 뭐야? 손 대신 깃발을 드는 거야?"

"아뇨. 그게 아니라…… 미리 관객에게 빨간색 공과 흰색 공을 나눠준 후, 그중 하나를 상자에 넣는 식으로 투표하는 거예요. 건의자 쪽을 지지하면 흰색 공, 항의자 쪽을 지지하면 빨간색 공을 넣는 식으로…… 투표수를 엄밀하게 관리하고 싶은 경우에 하는 투표 방법이죠. 거수에 비해 시간이 걸리는 만큼, 투표자 숫자가 많을 것으로 예상되는 의회에서는 그다지 채용하지 않는데……."

"흐음~, 그렇구나. 즉, 건의자는 접전이 된다고 생각하는 걸까?"

"그럴지도 모르겠군요……."

유키는 잠시 뜸을 들인 후에 고개를 끄덕였지만, 마사치카는 그 이유를 알기에 마음속으로 이렇게 중얼거렸다.

(혹은, 표를 집계하는 학생회를 신용하지 않거나 말이야.)

거수로 투표한다면 언뜻 봐선 어느 쪽이 몇 표인지 알 수 없기에, 마음만 먹으면 표를 세는 학생회 임원이 투표수를 조작할 수 있다. 그런 의미에서 본다면, 이 신청은 건의자인 피아노부 부부장이 학생회에 대한 불신을 표명한 것이라고 볼 수도 있다.

(으음~. 이거, 나는 진짜로 참가하지 않는 편이 좋겠네.)

마사치카가 그런 생각을 하는 사이, 다른 임원이 차례차례 입을 열었다.

"나는 참가할 수 있어. 평소처럼 객석을 감시하면 돼?"

“그래, 부탁해. 치사키가 감시하고 있으면, 괜히 소동을 피우는 학생이 없으니 말이야.”

“나도 평소처럼 서기를 맡으면 될까?”

“그렇게 해줘. 그러면…… 동생 쿠죠와 키미시마에게 투표 담당을 맡기도록 할까. 투표 관리와 투표된 공을 세는 걸 담당하면 돼.”

“회장님, 그 외에도 행사장 입구에서 입장자에게 공을 건네주는 역할도 있어요.”

“아, 그랬지. 말해줘서 고마워, 스오우.”

“아뇨.”

“저는 괜찮아요.”

“알겠습니다.”

“잠깐만, 토우야. 음향 조명은 어쩔 건데?”

“그건 연극부에 도움을 청하자. 투표 담당은 부담이 크니까, 두 명인 편이 나을 거야.”

그렇게 이야기가 척척 진행되면서, 각자가 당일 맡을 일이 원활하게 정해졌다.

“좋아. 그러면 당일까지의 준비 말인데…….”

토우야의 그 말에 따라 다음 내용으로 이야기가 넘어가는 가운데, 마사치카는 문뜩 생각했다.

(혹시 모르니까, 아랴에게 노노아가 무슨 일을 벌일 가능성이 있다는 것만 전해두는 편이 좋을까……?)

하지만 몇 초 생각해 본 후, 생각을 바꿨다.

(아냐. 어차피 유쇼 녀석의 망언에 지나지 않잖아. 아랴에게 노노아의 인격을 의심하게 될 만한 말은 하지 않는 편이 좋겠지.)

아직 자신의 파트너가 노노아의 일면을 접한 적 없다는 것을 떠올린 마사치카는 입을 다무는 쪽을 선택했다. ……선택하고 말았다.

◇

"다행이야. 뜻대로 됐구나. 응……. 괜찮아. 나를 믿어. 말했지? 나는 아야노노의 편이라고 말이야. ……후훗. 고마워. 응, 이만 끊을게."

자기 방 침대에 누워서 상냥하고 친근한 목소리로 말한 노노아는 무표정한 얼굴로 아야노와으 통화를 마쳤다.

"정말…… 옆에서 보고 있으니 정말 섬뜩하네. 용케 무표정한 얼굴로 그런 목소리를 내는구나~."

방 한가운데에서 쓴웃음 섞인 목소리가 들려오자, 노노아는 그쪽을 쳐다봤다. 비즈 쿠션 위에 앉아서 노노아에게 말을 건 이는 세이레이 학원의 교복을 입은 여학생이었다. 바로 피아노부 부부장인 아오이에게 학생의회를 열라고 부추긴 인물인 그녀의 이름은 시쿠마가와 미야비라고 한다.

"전화 통화니까 표정까지 만들 필요는 없잖아?"

"필요랄까…… 보통 상냥한 목소리로 말할 때는 표정도 좀 그런 느낌이 될 것 같은데 말이야."

"그래? 나는 보통 사람이 아니라 모르겠어."

노노아가 태연한 어조로 그렇게 말하자, 미야비는 쓴웃음을 더 진하게 만들면서 물었다.

"그런데, 이것으로 준비는 끝난 거야?"

"그래~. 이제 피아노부에 들어가는 사람이 없도록 계속 소문을 퍼뜨리고, 예상치 못한 움직임이 발생하지 않도록 관계자를 감시하면서, 당일까지 기다리기만 하면 돼. 휴~, 진짜 고생했다니까~."

노노아가 딱히 피곤한 기색도 없이 그렇게 말하자, 미야비는 약간 원망 섞인 눈길을 보냈다.

"고생했다니…… 그건 내가 할 말이거든?"

"뭐~?"

"『뭐~』는 무슨. 피아노부 부부장의 설득, 실행범 확보. 전부 나한테 떠넘기고 『뭐~』는 무슨 『뭐~』야."

노노아에게는 학교에서의 정보 수집과 소문 확산에 이용하고 있는 학생이 여러 명 있다. 그리고 그들 이외에도, 대외적으로는 전혀 접점이 없지만 은밀히 노노아를 돕는 친위대라고…… 본인들은 생각하고 있는 네 명의 광신도(친구)가 있다. 하지만 그녀, 시쿠마가와 미야비는 어느 쪽에도 속하지 않는다.

대외적으로는 얼굴이 넓은 노노아의 수많은 지인 중 한 명이다. 하지만 실은 노노아의 본성을 완전히 이해하고 있으면서도 그녀의 흉계를 도와주는, 공범자라 할 수 있는 존재였다. 미야마에 노노아라는 인간에 대한 이해도만 본다면, 사야카나 마사치카보다도 뛰어났다. 노노아 본인을 제외하면, 이 세상의 그 누구보다도 그녀를 이해하고 있을지도 모른다.

"아, 미안해. 진짜로 고맙게 생각하거든? 나는 눈에 띄는 편이니까, 그런 직접적인 교섭을 못 하잖아."

"그건 알아……. 네 얼굴로는 변장이나 화장으로 숨기는 데도 한계가 있을 거야. 하지만 위험 부담이 크고 신경을 많이 써야 하는 역할만 나한테 떠넘기는 것 같아서 석연치 않아……."

노노아는 나쁜 짓을 벌일 때, 기본적으로 자신이 직접 움직이지 않는다. 들러리나 친구를 교묘한 말로 움직여서, 자기가 내비친 악의의 흔적은 거의 남기지 않으려 한다. 그리고 움직이는 이가 자신의 악의를 감지하지 못하도록, 최소한의 정보만 제공한다.

아야노 또한 그렇다. 노노아가 이번에 아야노에게 내린 지시는 이번 학생의회에 마사치카와 유키가 참가하지 못하도록 할 것. 그리고 아리사와 함께 투표 담당을 맡을 것.

이게 전부다. 그 학생의회에서 무슨 일이 벌어질지, 그 결과 어떻게 되는지에 관한 구체적인 내용은 전혀 알려주지 않았다.

하지만 미야비는 유일한 예외다. 미야비는 노노아의 계획을 전부 알면서도 그녀가 바라는 상황을 준비하기 위해 움직이고 있다.

"그래서 고맙게 생각한다잖아~. 답례는 내 몸으로 듬뿍 해 줄게~."

"약속한 거다? 이번에는 꽤 고생했으니까, 안 되는 것 없이 마음껏 즐기게 해줘야겠어."

"그래그래. 학생의회가 끝나고 나서 말이야~."

은근슬쩍 답례를 나중으로 미룬 노노아는 입가에 미소를 머금었다.

"자…… 아릿사와 쿠젯찌는 어떤 반응을 보이려나……. 정말 기대돼♡"

마치 어린아이가 자기가 친 장난의 결과를 고대하고 있는 것처럼, 노노아는 순진무구한 웃음을 흘렸다. 하지만 그 장난은 아리사의 꿈을 짓밟고, 절망의 구렁텅이로 밀어 넣는 사악한 흉계다. 그것을 완전히 이해하고 있으면서도, 순수한 기대만을 겉으로 드러내고 있는 노노아를 보며…… 미야비는 쓴웃음을 머금었다.

"여왕님께서 즐거워 보여 다행이야."

그 눈에는 연민…… 그리고 존중 같은 감정이 복잡하게 뒤엉킨 채 떠올라 있었다.

◇

학생의회 당일. 건의자로서 등단하게 된 아오이는 긴장과 고독감에 짓눌리면서 무대 오른편에 앉아 있었다.

“그러면 이번에는 건의자 항의자 양측의 합의에 따라, 항의자부터 주장을 하도록 하겠습니다. 항의자, 주장하시죠.”

“네.”

토우야의 사회에 따라, 무대 반대편에 있던 경음악부의 부장이 단상에 섰다.

“아~, 여러분. 안녕하세요. 경음악부 부장인 야나이라고 합니다. 이야, 실은 일이 이렇게 커질 줄은 몰라서 엄청 긴장되는 데다 무슨 말을 하면 좋을지 모르겠지만, 피아노부에 이번 이야기를 꺼낸 사람인 저부터 자초지종을 설명하는 편이 좋겠다 싶었어요. 그리고 키보트 배틀 같은 것도 그다지 하고 싶지 않아서요. 그래서 먼저 이야기하자고 생각했어요. 네.”

긴장을 얼버무리려는 듯이 웃은 후, 야나이는 말을 이었다.

“으음~ 우선 말이죠. 저희는 무리한 요구를 했다고 생각하진 않아요. 단순히, 피아노부가 정원 미달로 동호회가 된다고 하니, 부실을 교환해달라고 말했을 뿐이거든요. 딱히 요구한 건 아니거든요? 그저 교환해 주지 않겠냐고 말을 꺼냈을 뿐인데…… 저희 부실이 얼마나 좁은지 아세요? 사진부와 같이 쓰느라, 악기만 둬도 가득 차버리죠. 아, 지금 저희 부는 부원이 총 스물일곱 명이에요. 더 늘어나면 진짜 큰일 나죠. 하지만 피아노부는 지금 네 명이죠? 부원이 많은 쪽이 넓은 부실을 쓰는 게 맞지 않나요?"

야나이는 이런 자리에서 말하는 데 익숙하지 않지만, 그렇기에 솔직하고 꾸밈없이 이야기하면서 많은 이들에게 공감을 얻었다. 야나이도 이야기를 하는 와중에 긴장이 풀린 건지, 꽤 릴렉스한 어조로 자기 이야기를 마무리 짓기 시작했다.

"그리고 교칙을 방패 삼는 듯한 이야기는 그다지 하고 싶지 않지만, 동호회에는 부실을 가질 권리가 없잖아요. 그러니, 이런 자리에서 이런 이야기를 하는 것 자체가 당혹스럽달까…… 저는 보컬을 한 적이 없어서 이런 무대에서서 마이크를 써보는 건 꽤 귀중한 경험이려나요. 하하…… 으음, 아무튼, 저는 피아노부에게 평범하게 부실을 양보받고 싶을 뿐이에요. 네, 이상입니다."

야나이가 고개를 꾸벅 숙이자, 강당 안에 호의적인 훈훈한 박수 소리가 퍼져 나갔다. 그와 동시에 경음악부 부원이 놀림 섞인 성원을 그에게 보냈다. 그러자 야나이는 멋찍은 미소를 머금으며 또 고개를 숙인 후, 자기 자리로 돌아갔다.

"그러면 질의응답으로 넘어가겠습니다. 건의자, 질문 있습니까?"

토우야가 그렇게 묻자, 아오이는 의자에 앉은 채 흠칫했다.

"어—."

바로 대답하고 싶었지만, 말라버린 목에서는 제대로 된 목소리가 나오지 않았다. 침을 꿀꺽 삼키려 했지만, 입안 또한 마른 탓에 공기를 삼키는 느낌만 들었다. 그래도 어찌어찌 목구멍이 열렸기에, 떨리는 목소리로 어찌어찌 대답했다.

"어, 없어요."

그렇다. 질문이 있을 리 없다. 경음악부 부장이 한 말은 옳으며, 애초에 반론의 여지 따위 없었다.

"그러면, 건의자의 주장으로 넘어가겠습니다만…… 괜찮겠습니까?"

"네, 네—."

하다못해 목을 축인 후에 단상에 오르자고 생각한 아오이는 테이블 위에 놓인 페트병을 손에 쥐었다. 하지만 긴장 탓에 떨리는 손으로는 뚜껑을 여는 것도 힘들었고, 물을 쏟을 것만 같았기에 몇 초만에 포기하며 단상에 올라섰다.

"하아, 하아……."

긴장 탓인지 발에 힘이 들어가지 않았다. 숨도 제대로 쉴 수가 없었다. 연단까지 걸어가는 시간이 너무나도 길게, 또한 한순간처럼 느껴졌다.

"……."

연단에 서서 관객석을 둘러봤다. 그렇게 주목도가 높은 의제가 아니라서 그런지, 관객은 많지 않았다. 스포트라이트가 비추는 단상에서는 관객들의 얼굴이 어둑어둑한 탓에 잘 보이지 않았다. 하지만…… 결코 호의적이지 않은, 구경거리라도 보는 듯한 시선에 둘러싸인 느낌이 드는 건 아오이의 착각일까.

(아니, 아마…… 착각이 아닐 거야.)

마치 적진 한복판에 서 있는 느낌이 들었다. 평판이 바닥을 치고 있는 피아노부의 인간이, 대체 얼마나 말도 안 되는 주장을 할까. 그들은 그것을 기다리고 있었다.

"허억, 허억……."

토할 것만 같았다. 입과 목이 완전히 말라버렸는데, 어찌 된 건지 식은땀이 멎지를 않았다. 더는 관객석을 쳐다볼 수 없었기에, 아오이는 단상에서 고개를 숙이더니…… 그 자세로 말을 하기 시작했다.

"피아노부, 부, 부장인 츠카모토 아오이예요……."

말을 더듬으면서도 아오이는 필사적으로 이야기를 이어갔다.

"제가, 현재 피아노부 부실에 놓여 있는 피아노와 만난 건, 중학교 2학년 때였어요……."

청중들에게 당혹감이 퍼져나가고 있다는 건, 보지 않아도 알 수 있다. 그래도 아오이에게는 이 이야기뿐이었다. 논리적으로 이치를 따진다면, 경음악부의 주장에 이길 수 없다. 그렇다면…… 정에 호소할 수밖에 없다. 자신의 마음을 솔직히 이야기해서, 공감을 얻을 수밖에 없다.

"저는 원래, 다른 고등학교에 수험할 생각이었어요. 하지만, 그 피아노를 만나고…… 진짜로 이, 인생이 달라진 느낌을 받았어요. 세상이 바뀐다는 게 이런 것이라고, 생각했죠……."

머릿속에, 그와의…… 스테인과의 추억이 떠올랐다.

"열심히, 공부했어요. 중학교 때 선생님도 무모하다고 몇 번이나 말했죠. 하지만, 한 번만 더, 그 피아노를 치고 싶어서…… 정말, 자는 시간도 아껴가며 공부했어요. 평생을 통틀어, 가장 노력했어요. 체중도 6킬로그램이나 줄었어요. 정말, 피를 토하는 심정으로 공부한 끝에…… 겨우, 합격해서 이 피아노를 쳤을 때……."

당시의 감동을 떠올린 아오이는 자연스레 미소를 머금었다. 긴장이 잔뜩 섞인 볼품없는 미소를 머금은 채, 아오이는 울고 싶은 심정으로 이야기했다.

"전부, 보답받았다고 생각했어요. 호들갑스럽게, 들릴지도 모르지만, 정말이에요. 저한테, 그 피아노는…… 스테인은, 진짜로 연인 같은, 그 이상의 존재예요."

시야가 뿌옇게 변했다. 눈을 깜빡여봤지만, 눈물이 멎지를 않았다.

"저, 저는, 그와 헤어지고 싶지 않아요. 그는 내광회의 OB가 대여해준 것이에요. 부, 부실을 빼앗기면, 그는 분명 소유주가 회수할 거예요."

그런 미래를 상상하니 눈물이 멎지를 않았다. 아오이는 약간 호흡 곤란을 일으키면서, 그저 필사적으로 말을 이었다.

"말도, 안 되는 소리라는 건 알고, 있어요. 그래도, 그래도, 제발, 제발, 부탁드려요."

안 그래도 숙이고 있던 얼굴을 연단에 닿을 정도로 깊이 숙이면서, 아오이는 애원했다.

"저한테서, 그를 빼앗지 말아 주세요……!!"

◇

(어라라, 이거~ 놀랍네.)

경음악부의 일원으로서 다른 경음악부 부원과 함께 관객석에서 의회를 지켜보고 있던 노노아는 아오이의 애원에 가까운 호소와 그것이 자아낸 효과에 솔직히 놀랐다.

원래 교내에서의 피아노부에 대한 공통적인 인식은 『피

아노(유쇼) 왕자와 그 들러리』였다. 아오이를 비롯한 피아노에 진심인 부원은 부실에서 나오지 않는 한편으로 안 그래도 눈길을 끄는 유쇼와 들러리들이 부실 밖에서 활동하고 있었으니, 그게 당연할 것이다. 그리고 유쇼와 들러리들은 솔직히 말하자면 일부 학생들— 주로 같은 음악 계열 부활동을 하는 이들에게 그다지 좋은 인상을 주지 못했다.

유쇼를 신봉하는 나머지 횡포를 부려댔고, 다른 남학생을 깔보는 발언 또한 서슴지 않았다. 결과적으로 피아노부 자체가 「콧대 높고 짜증 나는 녀석들」이라는 인상이었다. 그래서 추령제 이후로는 그들에게 몰래 불만을 품고 있던 학생들이 「전부터 그 녀석들은~」 하고 일제히 푸념을 늘어놓으면서 학교 전체로 그 인상이 퍼져 나갔다. 최근에는 노노아도 그 소문을 부추겼기에, 교내에서 피아노부의 인상은 최악이라 해도 과언이 아니었다.

오늘도 아오이가 주장을 시작할 때까지는 관객들 대부분이 「그 콧대 높은 피아노부가 어떤 말도 안 되는 주장을 펼칠까」라고 생각하며 차가운 눈길로 쳐다보고 있었지만……. 지금은 다들 독기가 빠진 표정으로 당혹스러운 눈길을 머금고 있었다.

"항의자…… 질문 있습니까?"

"어, 아니, 없습니다. 네."

상대편인 경음악부 부장조차도 동정심을 느끼는 건지 허

둥댔다. 다른 경음악부 부원도 마찬가지인지, 노노아의 옆에 앉아 있는 타케시와 그 옆에 앉은 히카루도 「어, 어쩌지?」라고 말하는 듯한 표정을 짓고 있었다.

"그러면, 최종 변론을……."

학생의회의 진행 순서에 따라 그렇게 말하던 토우야는 연단 위에 있는 아오이를 보고 눈을 살짝 내리깔더니, 「아뇨」라고 말했다.

"양측이 할 말을 전부 한 것 같으니, 이대로 투표 준비에 착수하겠습니다. 잠시만 기다려 주십시오."

토우야의 말에 따라 연단이 철거되고 투표함이 놓인 긴 테이블이 준비되는 가운데, 관객들은 여전히 당혹스러워하고 있었다.

(맙소사~. 이거 진짜로 피아노부가 이기는 거 아냐?)

노노아는 감정론으로 의회의 분위기를 뒤집은 아오이를 흥미롭다는 듯 응시했다.

아오이의 눈물 어린 호소에 마음이 움직인 것은 아니며, 그 내용 자체는 아무래도 상관없지만…… 완전히 뜻밖의 움직임을 보인 것이, 순수하게 재미있었다. 하지만…….

(뭐, 이대로 끝나진…… 않겠지만 말이야.)

노노아가 그렇게 생각한 직후, 객석 곳곳에서 청중의 동정심에 찬물을 끼얹는 발언이 들려왔다.

"하지만 피아노가 회수되는 건 부실 운운과는 전혀 다른 일 아냐?"

"완전 개인적인 이야기네."

"그리고 스테인이 뭔데?"

"불쌍하지 않은 건 아니지만…… 다른 피아노부 부원은 뭐 하고 있는데? 그녀 혼자 싸우게 두는 피아노부에는 동정의 여지가 없지 않아?"

그런 말에 촉발된 것인지, 경음악부 부원 중 한 명도 결국 입을 뗐다.

"아니, 하지만…… 우리는 스물일곱 명이 불편을 겪고 있는데……."

그 말에 이어, 경음악부 안에서도 자신들의 주장을 정당화하는 목소리가 들려오기 시작했다.

"그래……. 애초에 무리한 소리를 하고 있는 건 상대방이잖아……."

"애초에 부가 아니게 된 시점에서 피아노는 회수되지 않아?"

"듣고 보니…… 부실이 어쩌고 이전의 문제인 것도 같군요."

"부실을 양보했는데도 결국 피아노가 회수된다면, 우리만 손해를 보는 거잖아."

자신들이 갑자기 악당처럼 여겨진 탓인지, 경음악부 부원들은「피아노가 회수되는 건 피아노부의 책임이며, 경음악부가 결정타를 날린 것은 아니다」라는 논법으로 자신들을 변호하기 시작했다.

그것은 객관적으로 볼 때 억지스러운 궤변이지만, 인원이 이만큼이나 있으니 집단 심리가 작용하는 건지, 다소의 억지는 눈감아주는 방향으로 상황이 진행됐다.

(애초에 경음악부 부원이 이렇게 많은 시점에서 압도적으로 유리하잖아~. 일단 유쇼를 포함한 피아노부 관계자들도 드문드문 보이는 것 같지만…… 뭐, 중과부적이야~.)

그런 집단 심리와는 거리가 먼 노노아가 남 일처럼 그런 생각을 하고 있을 때, 타케시는 여전히 아오이를 향한 동정심을 품고 있는 듯한 표정으로 주위를 둘러봤다.

"정말 그럴까?"

"으음……."

타케시의 질문에, 히카루는 난처한 표정을 지으며 팔짱을 꼈다.

(아아~ 고민하나 보네~. 으음~. 이대로 가면 이 두 사람은 어느 쪽에도 투표하지 않을지도 몰라.)

그렇게 느낀 노노아는 만일의 사태를 피하려고 한마디 하기로 했다. 히카루와 마찬가지로 난처한 표정을 짓더니, 고민에 빠진 듯한 시늉을 했다.

"으음~, 확실히 저 부부장이 좀 불쌍하긴 해……."

"아, 그렇지? 딱히 우리는 피아노부 부실이 꼭 필요한

게, 아니니까…….”

마음속에서는 아오이를 향한 동정심이 강한 건지, 타케시가 약간 안도한 표정으로 노노아를 돌아봤다. 그러자 집단 심리에 지배당할 뻔한 다른 경음악부 부원도 찬물을 뒤집어쓴 표정으로 노노아를 쳐다봤다. 그들의 시선을 느끼면서, 노노아는 겉보기에는 타케시와 이야기를 나누는 척을 하면서 이 자리에 있는 전원에게 들리도록 말했다.

“하지만~. 냉정하게 생각해 보면, 이번 투표를 그렇게 거창하게 생각할 필요는 없지 않을까? 딱히 학생의회에서의 결정에 무조건 따라야만 하는 것도 아니잖아.”

“뭐?”

“안 그래? 학교 측의 판단도 구해야 할 테고, 우리가 이기더라도 『자, 그러면 피아노부는 즉시 부실을 넘겨주세요』인 것도 아닐 거잖아.”

“아, 뭐…… 그건 그래.”

노노아가 그 점을 냉정하게 지적하자, 타케시는 「이대로 경음악부에 투표하는 건 아오이에게의 사형 선고가 된다」라는 착각에서 벗어나면서 표정에 여유가 약간 돌아왔다. 바로 그 타이밍에 노노아는 말을 이어갔다.

“그러니 이번 투표는 피아노부의 부실을 연습 장소로 쓸 권리를 얻기 위한 것, 이라고 생각하면 되지 않을까? 실제로 피아노부와 부실을 교환할지는 나중에 다시 상의하기로 하고…… 반대로 이대로 진다면, 그 결과를 방패 삼아서 유~쇼~가 딱 잘라 거부할지도 몰라."

"아…… 그건 그래."

노노아의 말을 듣고 피아노부의 부장이 『바로 그』 유쇼라는 것을 떠올린 타케시는 인상을 찡그렸다. 다른 경음악부 부원 또한, 무대 앞의 가장 앞줄에 앉아 있는 유쇼를 쳐다보며 인상을 썼다.

정에 휩쓸릴 뻔한 경음악부 부원이 완전히 냉정을 되찾았다는 것을 확인한 노노아는 슬쩍 어깨를 으쓱했다.

(미안해, 부부장 씨~. 피아노부가 이기면 곤란하거든~.)

노노아가 속으로 마음에도 없는 사과를 하고 얼마 후, 투표 준비가 끝났는지 토우야가 안내 방송을 했다.

"그러면 투표를 부탁드립니다. 건의자인 피아노부에게 투표한다면 흰색 공을, 항의자인 경음악부에 투표한다면 빨간색 공을 넣어주십시오. 어느 쪽에도 투표하지 않는다면 아무 공도 넣지 말아 주십시오. 그러면 가장 앞줄의 이쪽 학생부터 부탁드립니다."

토우야의 지시에 따라, 관객석의 학생이 입장할 때 받은 직경 2센티미터 정도의 합성수지로 된 두 개의 공 중 하나를 쥐거나 아니면 빈주먹을 쥐고 무대 위로 올라갔다.

(나는 당연히 빨간색 공을 투표해야지~.)

빨간색 공을 오른손에 쥔 노노아는 흰색 공을 호주머니

에 넣더니, 무대 위로 향했다.

"이쪽에 넣어주세요. 피아노부에게 투표한다면 흰색 공, 경음악부에 투표한다면 빨간색 공이에요. 어느 쪽에도 투표하지 않는다면 공을 넣지 말아주세요."

투표함 앞에서 투표 상황을 감시 중인 아리사는 투표 오류를 막기 위해 거듭 설명했고, 아야노는 그 옆에서 투표자를 세고 있었다.

"아릿사, 수고 많네~."

"응, 노노아 양도 수고 많아."

자기 차례가 된 노노아는 투표함에 빨간색 공을 넣으면서 아리사에게 말을 건넸다. 그러자 아리사는 투표함을 주시하면서 담담한 얼굴로 대답하더니, 「손을 보여줘」라고 말했다. 한결같이 자신의 직무를 수행하는 그 성실한 표정에서는 자신의 미래를 망가뜨리는 사악한 흉계가 코앞까지 다가왔다는 것을 눈치챈 낌새가 없었다.

"응~."

노노아가 빈 오른손을 보여주자, 아리사는 고개를 끄덕이면서 「그러면 이쪽으로 가」라고 말하며 객석으로 내려가는 계단을 시선으로 가리킨 후에 다음 사람을 쳐다봤다. 그런 아리사를 향해, 노노아는 펼친 오른손을 가볍게 흔들어 보였다.

(굿바이~, 아릿사. 학생회 임원인 아릿사와 만나는 건

이게 마지막이겠네.)

마음속으로 그렇게 중얼거리면서 아야노를 쳐다보니, 그녀는 무표정한 얼굴로 노노아와 시선을 마주한 후, 시선을 살짝 내리깔았다. 그것이 노노아의 계획에 가담한 것에 양심의 가책을 느껴서일까, 아니면 다른 무언가 때문일까. 여전히 표정을 읽을 수 없기에, 딱히 개의치 않으며 넘어갔다.

(뭐, 결국은 내 지시에 잘~ 따라줬잖아. 자기까지 덤터기를 쓰게 되리라고는 생각도 못 하는 것 같지만~.)

원래 자리로 돌아간 노노아는 스마트폰의 채팅 애플리케이션을 켜더니, 최종 국면에 대비해 예상 밖의 사태가 벌어지지 않았는지 확인했다.

(윳키~는 이미 돌아갔고, 쿠젯찌는 관악부에서 연습 중…… 유~쇼~가 쿠젯찌와 접촉했다는 정보가 들어와서 좀 경계했었는데, 아무래도 별문제 없겠네.)

설령 마사치카와 유키가 이 자리에 있더라도, 이제부터 벌어질 사태에 대처하는 건 어렵겠지만 말이다.

그로부터 십 분도 지나기 전에 투표는 완료됐고, 개표가 진행됐다.

무대 위의 스크린에는 테이블 위에 놓인 나무틀 두 개가 비치고 있었다. 이 나무틀은 가로 폭에 공 열 개가 딱 들어가는 길이이며, 공 한 줄이 딱 열 표씩이다. 아리사와 아야노가 거기에 공을 놓기 시작했다.

경음악부 부원이 마른침을 삼키고, 아오이가 기도하는 심정으로 지켜보는 가운데…… 곧 결과가 나왔다.

“투표 결과, 피아노부 스물다섯 표, 경음악부 서른아홉 표, 무효표 열일곱 표…… 이로서, 항의자의 승리입니다.”

토우야의 선언에 따라, 경음악부 부원은 안도와 멋쩍음이 뒤섞인 복잡한 표정을 지었다. 그 와중에 노노아는 무대 위에서 고개를 푹 숙이고 있는 아오이를 응시했다.

(자~, 부부장 씨. 이제 다 틀렸어. 네 소중한 피아노를 지키려면, 어떻게 해야 할지 알고 있을까~?)

노노아의 위치에서는 고개를 숙인 아오이의 표정이 전혀 보이지 않았다. 하지만 노노아는 그녀의 감정을 손에 잡힐 듯이 알 수 있었다.

절망, 비탄, 초조, 주저, 그리고—.

슬며시 고개를 든 아오이는 이를 악물더니, 다음 순간…….

“부, 부정행위! 이 투표에는 부정행위가 있었어요!!”

아오이의 외침이 강당 안에 울려 퍼졌다.

제10화 여왕

"그럼 이 부분을 좀 더 짧게 할까?"
"괜찮을 것 같아요."
강당에서 학생의회의 투표 결과가 나왔을 무렵. 마사치카는 음악실에서 악보를 앞에 두고 에레나와 이야기를 나누고 있었다.
"응, 좋아. 그러면 한 번 더 해보자."
"네."
"자~ 다들 일단 원래 위치로 돌아가~. 아, 거기~? 연습 중에 스마트폰 만지작거리지 마~."
"아, 네."
"자, 준비해~. 여유 부릴 시간 없어~."
"네, 부장님."
"그건 그래요."
"우후후."
각자 연습을 하고 있던 관악부 부원들이 원래 위치로 이동하는 가운데, 에레나는 마사치카를 돌아보며 물었다.
"그러고 보니 오늘은 학생의회를 하는 날 아냐? 내가 이런 말을 하는 것도 좀 그렇지만, 쿠제는 안 가봐도 돼?"

"뭐, 믿음직한 파트너가 대신 참가했으니까요."

"호오~ 그거참 뜨거운 신뢰 관계네~."

"하하. 게다가 믿음직한…… 아군도 있고요."

"방금 그 뜸은 뭐야? 학생회 동료에게의 신뢰는 어디 간 거야?!"

"부장님~. 쿠제와 노닥거리지 말고 빨리 이리 오세요~."

"아, 그래~. 하아, 인기가 너무 좋으니 찾는 사람이 많아서 곤란하다니까."

장난스러운 목소리로 그렇게 말한 에레나 또한 자기 자리로 돌아갔다.

"자, 그럼 처음부터 한번 해보자~."

그리고 에레나의 지시에 맞춰, 마사치카는 피아노와 마주했다.

◇

"부, 부정행위! 이 투표에는 부정행위가 있었어요!!"

강당 안에 울려 퍼진 그 목소리에, 노노아를 비롯한 일부 학생 이외에는 다들 얼이 나간 듯한 표정을 지었다.

학생회 멤버 또한 눈을 치켜뜨며 아오이를 쳐다보는 가운데…… 노노아는 마음속으로 슬쩍 웃음을 흘렸다.

(뭐~ 예상대로네.)

대부분의 학생이 아오이의 말을 궁지에 몰린 끝의 폭거라 여길 것이다. 이 홍백투표에서는 투표에서 부정행위를 했는지 조사하면 바로 알 수 있다. 투표자가 가지고 있는 공을 회수해서 확인하면 되는 것이다. 그 정도는 누구라도 알고 있는 만큼, 누군가가 부정행위를 저지를 거라고 생각하기는 어렵다.

(보통은 그렇게 생각하겠지?)

하지만, 부정행위는 사전에 준비되어 있었다. 게다가 그 표적은 아오이가 아니라…… 얼이 나간 채 아오이를 쳐다보고 있는 아리사다.

(얼이 나가 있을 때가 아냐~ 아릿사. 알고 있으려나~? 투표에서 부정행위가 발각됐을 때, 가장 먼저 의심받는 사람이 누구인지를 말이야.)

노노아가 짠 함정은 예측과 회피가 거의 불가능하지만, 걸려든 후에 빠져나갈 방법이 아예 없지는 않았다.

함정에 빠지고도 냉정함을 잃지 않는 담력. 그리고 신속하게 진상을 밝힐 두뇌. 도출된 해답을 주위의 인간에게 이해시킬 설득력. 그것들을 가지고 있다면, 극복하는 것 자체가 가능하다.

(뭐, 이 자리에 쿠젯찌와 윳키~가 있다면 불가능하지는 않겠지만 말이지~? 아릿사는 갑자기 자신을 향한 이 악의

에 혼자서 대처할 수 있으려나?)

이 최종 국면에서 노노아가 흥미롭다는 듯이 무대 위에서 펼쳐지는 쇼를 쳐다보는 가운데…… 다음으로 움직인 이는 아리사도, 토우야도 아니라 객석에 있던 한 인물이었다.

◇

"이제 됐어!"

연기 톤으로 그렇게 외치면서, 한 남학생이 무대 위에 난입했다.

연이어 발생한 예상 밖의 사태 속에서, 관객들이 그 인물을 쳐다보니…… 그 목소리의 주인은 바로 피아노부 부장인 키류인 유쇼였다. 아오이도 뜻밖인 건지, 얼이 나간 표정으로 그 침입자를 응시했다.

다들 아연실색한 가운데, 유쇼는 무대 위에서 관객석을 향해 큰 목소리로 외쳤다.

"이제 됐어! 원래 피아노부였던 이들이여! 너희는 이 부부장의 통렬한 외침을 듣고도, 계속 방관할 생각인가?"

이 자리에 있는 수많은 학생을 깔끔히 무시하며, 유쇼는 계속 말을 이어갔다.

"아직 늦지 않았어! 옛 동지를 생각하는 마음이 조금이라도 있다면! 지금 이 자리에서 손을 들어야 하지 않을까?!"

그리고 유쇼는 힘차게 오른손을 치켜들며, 외쳤다.

"지금 이 자리에서! 피아노부의 입부를 표명하는 자가 있다면, 손을 들어줘!!"

그제야 유쇼가 뭘 하려는 것인지 이해한 학생들이 술렁거리는 가운데…… 객석에서 천천히 손을 드는 이가 있었다. 한 명, 두 명, 세 명…… 그들을 확인한 유쇼는 만족한 듯 웃더니, 사회자석에 있는 토우야를 쳐다봤다.

"학생회장님. 보다시피 피아노부는 정원을 초과했습니다. 이것으로, 이번 의제 자체의 의미가 없어졌다고 봐도 되지 않을까요?"

"아…… 응. 뭐, 그렇게, 되려나."

당황한 기색을 보이며 고개를 끄덕인 토우야는 헛기침을 한 후, 경음악부 부장에게 시선을 보냈다.

"아~ 항의자. 학생의회는 항의자의 승리로 끝났지만, 피아노부가 폐부를 회피하면서 그쪽의 요청이 받아들여질지는 아직 알 수 없어. 이 결과 자체는 기록으로 남겠지만, 그 점은 이해해 주겠어?"

"어, 아, 네. 알겠습니다. 그런 거라면, 뭐……."

아직 상황을 이해하지 못한 것 같지만, 경음악부 부장은 왠지 안도한 듯한 표정으로 고개를 끄덕였다. 그리고 이제야 상황을 파악한 건지, 관객석에서 서서히 불만의 목소리가 나오기 시작했다.

"어…… 이게 어떻게 된 거지?"

"이 촌극은 대체 뭐야……."

"아까 투표는 대체 뭔데……."

"일단 키류인부터 꺼져."

느닷없이 난입한 것으로 모자라 상황 자체를 뒤엎어버린 유쇼를 향해, 많은 이들이 욕설을 뱉었다. 하지만 유쇼는 전혀 개의치 않으면서 아오이를 돌아봤다.

"멋진 연설이었어, 부부장……. 네 마음의 외침이 그들을 나서게 한 거야. 자랑스럽게 여기도록 해."

오른손을 가슴에 대고, 왼손을 펼친 유쇼는 아오이를 향해 경의를 표하는 자세를 취했다.

"키류인……."

고독하게 싸워온 소녀를 안심시키려는 듯이 미소를 머금은 유쇼를 향해, 비틀거리며 뛰어간 아오이는—.

"애초에 이게 전부 네 탓이잖아아아앗!!"

"잘못했습니다!!"

아오이가 혼신의 힘을 다해 날린 무릎 차기가, 유쇼의 명치에 깊숙이 박혔다.

◇

아오이의 무릎 차기(도움닫기도 한)를 정통으로 맞은 유쇼가 무대 위에서 그대로 무너지듯 쓰러졌다. 그 한심하고 꼴사나운 모습을 본 관객들은 유쇼를 향한 울분이 풀린 건지, 차례차례 실소를 터뜨렸다.

느닷없이 벌어진 이 희극의 한 장면 같은 전개 덕분에, 강당 안의 분위기가 이완되는 가운데…… 노노아는 김샌 표정으로 유쇼를 쳐다봤다.

(설마 이 타이밍에 유~쇼~가 방해할 줄은 몰랐네~. 일단 감시를 하긴 했는데 말이야…….)

최근 들어 유쇼가 피아노부 폐부 저지를 위해 움직이고 있다는 정보를 입수하지 못했다. 하지만 방금 벌어진 일을 보아하니, 아마 물밑에서 옛 피아노부 부원들에게 접촉해서 청중으로서 학생의회에 참가해 달라고 부탁했으리라. 그리고 물밑에서 움직이고 있었다는 것은 누군가에게 방해받는 것을 경계했다는 의미이기에…….

(으음, 딱히 경계 받을 만한 실수를 저지른 기억은 없는데……. 하지만 유~쇼~는 전에 나한테 따끔한 맛을 본 적 있으니까, 감각적으로 눈치를 챈 거려나~?)

바로 그때, 멍치를 움켜쥐며 몸을 일으키던 유쇼와 눈이 마주친…… 느낌이 들었다. 그의 얼굴에 어려 있는 의기양양한 미소를 본 노노아는 눈을 가늘게 떴다.

(유~쇼~가 자기가 이겼다는 듯 구니까 짜증이 나는데……. 뭐, 오늘은 얌전히 물러나자. 이쪽은 노 대미지이

고, 아야노노라는 새로운 꼭두각시도 손에 넣었으니 수확이 있긴 하잖아.)

그렇게 생각하며 훼방을 받아 거칠어진 마음을 진정시킨 노노아는 어깨를 으쓱하며 혼잣말하듯 말했다.

"뭐야~, 결국 시간만 낭비했어."

"아, 응. 그러네……."

"아니, 지금 손을 들 거면 왜 더 빨리 피아노부로 돌아가지 않은 건데……."

"글쎄~. 저 부부장이 이제까지 본심을 털어놓지 않았다거나, 이런 자리라서 손을 들기 쉬웠다거나, 그런 거 아닐까?"

의문을 표시하는 히카루에게 자신의 예상을 말해주기는 했지만, 노노아는 실제로 어떻게 된 건지에는 흥미가 없었다.

(아아~ 또 짜증이 샘솟아. 빨리 돌아가서 해외의 과격한 몰카 영상이라도 봐야지. 걸려든 사람이 혼비백산하며 도망 다니는 거로 말이야.)

손쉽게 접할 수 있는 자극적인 것으로 마음을 달래기 위해, 자리에서 일어—.

자, 잘 봐

【Ну, посмотри, как тебе?】

기도하는 듯한 작은 목소리가, 희미하게 들려왔다. 그 직후…….

"투표에 부정행위가 있었다는 게 무슨 말이죠?"

이완된 분위기를 찢는 냉철한 목소리가 들려왔다. 귀에

익은 그 목소리를 들은 순간, 노노아는 무대 위를 쳐다봤다.

그 말을 한 사람은 의자에서 천천히 일어선 아리사였다. 그녀의 날카로운 시선에 꿰뚫린 아오이는 그 자리에서 얼어붙고 말았다.

"어, 아, 그게……."

"아까 그 발언은 그냥 넘어갈 수 없어요. 그것은 학생회가 운영하는 학생의회의 공정성을 의심하는 발언이니까요."

"어, 으……."

아리사가 추궁하자, 아오이는 창백해진 얼굴을 푹 숙였다. 금방이라도 울음을 터뜨릴 듯한 아오이에게, 또 관객들은 동정적인 시선을 보냈다. 그와 동시에 아리사를 향해 비난하는 시선이 쏟아지는 가운데, 그녀는 토우야를 돌아보며 말했다.

"회장님, 투표자의 남은 공을 회수해서, 재집계를 하죠."

"그건—."

"집계를 담당한 이로서, 이런 의심을 산 채로 넘어갈 수는 없어요. 저와 키미시마 양의 명예를 위해서라도, 부탁드려요."

"으음……."

"어차피 퇴장할 때 회수할 공을, 이 자리에서 회수할 뿐이에요. 많은 수고가 드는 일도 아니죠. 책임은 전부 제가 지겠어요."

아리사가 평소와 다르게 강경한 주장을 펼치자, 토우야는 눈을 치켜뜬 후…… 고개를 끄덕였다.

"좋아……. 그러면 이 자리는 너한테 맡기겠어. 하지만, 책임은 내가 질 거야."

"감사합니다……."

"그러면 여러분, 번거로우시겠으나 표를 재집계하겠습니다. 아까와 같은 순서로, 가지고 있는 공을 투표함에 넣어주십시오."

느닷없이 예상치 못한 엑스트라 스테이지가 시작되자, 노노아는 입가에 미소를 머금었다.

(어라라, 어라라라?)

"어, 지금부터 재집계를 하는 거야?"

"아랴 양……?"

타케시와 히카루가 당황한 가운데, 토우야의 말에 따라 학생들이— 대다수가 당혹스러워하거나 귀찮아하면서 무대로 향했다.

"자, 가지고 있는 공을 전부 여기 넣어주세요. 아까 무효표를 행사한 분은 남은 공 두 개를 전부 넣으면 됩니다."

아리사의 지시에 따라, 다들 투표함에 공을 차례차례 넣었다.

"수고 많네, 아릿사~. 뭔가 큰일이 난 것 같은걸~?"

"응, 그래도 어쩔 수 없어."

노노아가 말을 건네는데도 아리사는 투표함에서 눈을 떼지 않으며 담담한 표정으로 대답했다. 그 차분한 태도를 본 노노아는 어떤 예감을 받으며 가슴이 들뜨기 시작했다.

(흐음~? 자, 이제 어떻게 되려나?)

자리로 돌아가서, 재집계가 끝나기를 기다렸다. 연이어서 예상치 못한 사태가 벌어지자, 노노아는 스스로도 놀랄 만큼 기분이 유쾌해졌다.

그리고 공의 회수가 끝나자, 스크린에는 투표함의 공이 나무틀에 놓이는 광경이 비쳤다. 그 작업이 진행됨에 따라…… 관객석 곳곳에서 서서히 당황한 목소리가 들려왔다.

"응?"

"어라?"

"어, 왠지……."

그리고 작업이 종반으로 치달으면서, 스크린에 비친 비정상적인 광경을 본 이들은 아연실색하고 말았다.

"왜…… 빨간색 공이 많은 거지?"

그것은 누가 봐도 알 수 있을 만큼 이상한 광경이었다. 이 자리에 있는 학생 전원이 아까 투표 결과를 명확하게 기억하고 있지는 않을 것이다. 하지만, 그래도 이것은 말이 안 된다. 아까 승리한 경음악부의 빨간색 공이 더 많은 건, 있을 수가 없는 일이다.

"어, 이게 뭐야."

"공 숫자가…… 이상하지 않아?"

"지금 빨간색 공이 더 많다는 건…… 어, 잠깐만. 아까 투표에서 실은 흰색 공인 피아노부가 이겼다는 거야?!"

투표된 공과 회수된 공의 결과가 일치하지 않는 비정상적인 사태가 벌어지자, 관객들이 혼란에 빠졌다.

그렇다. 이것이 바로 노노아가 이번에 준비한 함정이다.

딱히 어려운 일은 아니다. 사전에 비품실에서 챙겨온 투표용 공을 여덟 명의 협력자에게 (미야비가) 건네줬을 뿐이다.

여덟 명의 협력자는 투표 시에 경음악부에 투표하기 위해, 빨간색 공을 넣었다. 그리고 남은 공을 회수할 때, 원래 가지고 있는 흰색 공이 아니라 미리 준비해 둔 또 하나의 빨간색 공을 내는 것이다.

그 결과, 여덟 개의 흰색 공이 사라지고, 그것을 대신해 여덟 개의 빨간색 공이 생겨난다. 그 차이인 열여섯 표로 인해 피아노부가 경음악부에게 역전승을 거두게 된 것은 완전히 우연이지만, 이 시각적 효과는 절대적이었다.

"이게 어떻게 된 거죠?!"

갑자기 관객석에서 여학생의 날카로운 목소리가 들려오자, 혼란에 빠진 학생들은 화들짝 놀라며 그쪽을 쳐다봤다. 자리에서 일어선 그 여학생은 아리사를 노려보며 검지로 그녀를 가리키며 외쳤다.

"그렇게 잘난 척을 하더니, 진짜로 부정행위가 벌어진 거잖아요!"

"맞아! 이렇게 되면 실은 피아노부가 이겼다는 거잖아!"

"설마 너, 추령제에서의 일로 앙심을 품은 피아노부를 지게 하려고 공 숫자를 조작한 거 아냐?!"

여학생의 뒤를 이어서, 아리사를 규탄하는 목소리가 연달아 들려왔다. 그 큰 목소리에 영향을 받은 건지, 다른 학생도 아리사에게 의혹에 찬 눈길을 보내기 시작했지만…… 이 상황을 꾸민 당사자인 노노아는 차가운 눈길로 협력자를 쳐다보고 있었다.

(바보네. 완벽히 허를 찔러서, 기세로 밀어붙일 수 있는 상황이라면 몰라도…… 이 상황에서 아릿사에게 누명을 씌우는 건 무리거든? 지금 아릿사를 공격할 생각이라면, 재집계 때 빨간색 공을 넣지 않고 순순히 흰색 공을 넣는 편이 유효했을 거야.)

남 일처럼 그렇게 생각한 노노아는 가장 먼저 고함을 쳤던 여학생을 쳐다보더니…… 그 얼굴이 눈에 익다는 사실을 눈치챘다.

(어라? 어디서 본 적 있는 것 같은데…… 아, 얼마 전에 학생 식당에서 아릿사에게 시비를 걸었던 개네. 그래서 머리끝까지 피가 솟구친 걸까~?)

원래 계획은 아오이의 요청으로 공을 재집계하고, 그 결과 발각된 부정행위를 아리사에게 뒤집어씌우는 것이었다.

물론 누명이기에 증거는 없다. 하지만 단순한 의혹일지라도 「학생의 투표 결과를 조작했다」라는 의혹은 선거전 입후보자에게는 치명적이다.

투표에서 부정행위를 저질렀을지도 모르는 인간에게, 누가 투표를 하려 할까. 설령 그 사람이 함정에 빠졌을지라도, 그 의혹을 걷어내지 못한다면 후보자로서 역부족이다.

(그리하여 투표 담당을 맡은 아릿사와 아야노노는 부정행위 의혹을 쓰고 선거전 탈락…… 남은 쿠젯찌와 윳키~가 자동적으로 선거전 당선 확정이 되면서, 아야노노와 사얏찌는 방긋…… 뭐, 그 정도로 잘 풀릴 거라고는 생각 안 했지만 말이야.)

하지만 자신과 전혀 상관없는 일로 규탄을 당하고도, 아리사가 당황하지 않은 건 뜻밖이었다. 객석에서 보내는 의혹에 찬 시선에 전혀 주눅 들지 않으며, 아리사는 냉정한 표정으로 재집계를 진행하고 있다. 그 차분한 태도가 눈에 거슬린 건지, 가장 먼저 자리에서 일어났던 여학생이 짜증을 내며 언성을 높였다.

"너! 무슨 말이라도 해—."

"집계 중이니 조용히 해주세요."

그것은 그 어떤 열광도 식혀버릴 듯한, 차갑고 무덤덤한 목소리였다.

이제까지 쿠죠 아리사가 이런 자리에서 한 번도 보여준 적 없는, 차갑고 엄격하며 당당한 태도. 자신을 향한 다수의 적의에 눈곱만큼도 흔들리지 않는 그 모습은, 그야말로 얼음의 여왕.

여학생도, 다른 학생도 숨을 삼키면서 압도당한 듯이 아리사를 응시했다. 주눅이 든 시선이 쏟아지는 가운데, 이제는 완전히 이 무대의 주역이 된 아리사가 입을 열었다.

"확실히…… 부정행위가 벌어진 게 틀림없군요. 지금 이 자리에 있는 빨간색 공은 쉰 개, 흰색 공은 마흔여덟 개예요. 원래라면 무효표를 포함해서 빨간색 공이 마흔두 개, 흰색 공이 쉰여섯 개여야 하니까…… 공 여덟 개가 바뀐 것이군요."

손에 쥔 공을 응시하며 담담히 말한 아리사는 고개를 들더니, 예리한 눈동자로 관객석을 둘러봤다.

"말할 필요도 없겠지만…… 공을 바꿔치기한 사람은, 제가 아니에요. 만약 제가 그랬다면, 일부러 공을 재집계해서 자신의 부정행위가 드러나게 할 리가 없으니까요."

지극히 냉정한 어조로, 아리사는 자신의 결백을 주장했다. 그리고 아리사는 옆에 있는 아야노에게 눈길을 보냈다.

"마찬가지로, 재집계를 주장하는 저를 말리지 않은 키미시마 양 또한 범인이 아니라고 생각해요. 그렇다면……."

다시 관객을 향해 눈길을 돌린 아리사는…… 흔들림 없

는 목소리로, 딱 잘라 말했다.

"이 자리에는 빨간색 공을 챙겨와서, 공 숫자를 조작해 부정행위를 날조하려 한 사람이 있다는 거예요."

관객을 범인 취급하는, 그 선을 넘은 그 발언을 들은 청중들이 술렁거렸다.

"어, 뭐야. 뭐가 어떻게 된 건데?"

"아니, 잠깐만. 피아노부를 지게 만들기 위해……? 아니, 하지만, 어라?"

타케시와 히카루도 상황이 파악이 안 된 듯한 표정으로 그렇게 말했다.

"헛소리하지 마! 무슨 근거로 그런 소리를 하는 거냐고!"

"그런 소리를 늘어놓는 걸 보면, 증거가 있는 거겠지?!"

한편, 궁지에 몰린 이들이 최후의 발악 삼아 고함을 질러댔다.

하지만 아리사는 전혀 동요하지 않더니, 다시 토우야를 쳐다봤다.

"회장님, 지금 이 자리에서 전원의 소지품 검사를 하죠."

"소지품 검사……?!"

"제 생각이 옳다면, 적어도 흰색 공 하나를 몰래 가지고 있는 사람이 여러 명 있을 거예요."

"아니, 하지만……."

"이 자리는 저에게 맡기겠다고, 아까 말씀하셨잖아요?"

"으음……."

아리사의 과격한 제안에 토우야가 난감해하고 있을 때, 가장 먼저 일어섰던 여학생이 가방을 들었다.

"더는 어울려 줄 수가 없네……!"

그런 소리를 내뱉은 여학생이 출구로 향하기 위해 한 걸음 내디딘 순간…….

콰아앙!!

일종의 폭발음에 가까운 소리가, 강당 안에 울려 퍼졌다. 그와 동시에 무대 위에 있는 이들의 몸이 갑작스러운 진동에 뒤흔들렸다.

그 소리와 진동의 발생지는 무대 전면에 설치된 판자를 박살 낸…… 치사키의 주먹이었다.

고개를 숙인 채 등 뒤에 있는 판자를 주먹으로 깨부순 치사키의 모습에, 관객들이 시선이 집중됐다. 그리고 천천히 고개를 든 치사키의 표정이 드러나자…… 어디선가 「히익」 하는 비명이 들려왔다.

토우야라는 연인이 생긴 후로 그다지 보여주지 않게 된 여장부(돈나)의 얼굴. 일부 남성을 공포에 떨게 만들고, 일부 여성을 환희에 떨게 만든 그 표정을 지은 치사키가 활화산이 뿜는 검은 연기를 연상케 하는 불길한 목소리로 명령했다.

"전원, 머리 뒤편으로 손을 모은 후, 그 자리에서 한 걸음도 움직이지 마. 움직이는 인간은 즉시 적으로 여기겠어."

그 일방적인 명령에 반항적인 태도를 취할…… 인간(용사)은 이 자리(학교)에 단 한 명도 없었다.

이 자리에 있는 전원이 말없이 지시에 따르는 가운데, 치사키는 등 뒤를 돌아보며 상냥한 표정을 지었다.

"아랴, 여기서부터는 내가 맡아도 되지?"

"네…… 감사해요. 뒷일을 부탁드려요, 사라시나 선배."

아리사의 허가를 받고 고개를 가볍게 끄덕인 사라시나는…… 다시 여장부의 표정으로 관객을 노려보더니, 스마트폰을 꺼내며 말했다.

"지금부터 교내에 남아 있는 선도위원을 불러서, 전원의 신체검사와 소지품 검사를 하겠어. 우리 학생회가 주관하는 학생의회에서 건방진 짓거리를 해놓고, 도망칠 수 있다고 생각하는 건 아니겠지?"

그 순간, 아리사를 함정에 빠뜨리려 한 실행범들의 명운은 다하고 말았다.

◇

"헉, 헉, 허억."

학생의회가 끝나고 사람이 아무도 없는 복도를 뛰면서,

아리사는 음악실로 향했다.

평소 철저하게 교칙을 지켜온 아리사답지 않은 행동이다. 하지만 교사에게 들키기 전에, 아리사가 찾던 인물이 복도 너머에서 모습을 드러냈다.

"어. 오오. 수고했어, 아랴아앗?!"

깜짝 놀라며 걸음을 멈춘 마사치카에게, 아리사는 몸통박치기를 날리듯 안겨들었다. 그리고 마사치카의 교복 등 부분을 움켜쥐더니, 그의 어깨에 얼굴을 묻었다.

"으으으~."

"왜, 왜 그래? 뭔가 안 좋은 일이라도 벌어졌어?!"

"으으……."

아리사는 마사치카의 위기감으로 가득 찬 질문에도 답하지 않더니, 마치 매달리듯이 그의 몸을 꼭 끌어안았다.

그런 파트너의 모습에…… 마사치카도 뭔가를 눈치챈 건지, 아리사의 등을 상냥히 어루만져줬다.

"그래…… 고생했구나. 응, 대단해."

"……."

"혼자서…… 정말, 잘했어."

더는 괜한 말을 하지 않으며…… 마사치카는 조용히 아리사를 위로하고, 격려해 줬다.

에필로그 배신

완전히 해가 지고 교정에서 스며드는 빛만이 비추고 있는 어느 교실에, 노노아와 아야노가 있었다.

"결국…… 이번에는 어떤 계획이었던 거죠? 노노아 양."

자기를 불러놓고 교정만 내려다보고 있는 노노아의 등을 쳐다보며, 아야노는 딱딱한 목소리로 물었다.

그 후에도 한동안 침묵을 지킨 노노아는…… 천천히 뒤를 돌아보더니, 환한 미소를 머금었다.

"어. 아~, 미안해. 딴생각 좀 했어~."

입가에 검지를 대고 한쪽 눈으로 윙크하며 사과한 노노아는 환한 미소를 머금은 채 말을 이었다.

"정말 충격적인 전개였어~. 설마 그 타이밍에 아릿사가 재집계를 하자는 말을 꺼낼 줄은 몰랐다니깐~?"

스포츠 시합의 감상을 이야기하듯, 즐거운 투로 이야기하던 노노아는…… 갑자기 정색하며 고개를 갸웃거렸다.

"하지만, 잘 생각해 보니 이상하긴 해~. 부정행위를 의심받은 걸 용납 못 한다며 아릿사가 자신의 고결한 마음에 따른 것처럼 보이기도 하거든~? 하지만 차분하게 생각해 보니, 그 상황에서 피아노부의 부부장 씨에게 캐물어도 아릿사는 손해만 볼 뿐이란 말이지~."

노노아는 질문에 답하지 않으면서 아무 상관 없는 듯한 이야기를 늘어놨지만, 아야노는 아무 말도 하지 않았다.

"안 그래? 그때, 강당 안은 부부장 씨에게 엄청 동정적인 분위기였어. 그런 상황에서 재집계를 주장하고『부정행위 따위 없었으니 사과해~』같은 소리를 했다간, 아릿사가 악역이 될 거잖아. 실제로 아릿사가 부부장 씨에게 따졌을 때, 강당 안은『그만 좀 해……』같은 느낌이 분위기가 됐거든?"

아야노는 이야기를 끊거나 맞장구를 치지도 않으면서, 그저 평소처럼 무표정한 얼굴로 노노아의 이야기를 계속 듣고만 있었다. 노노아 또한 입을 다물고 있는 아야노를 개의치 않으면서, 태연한 어조로 핵심을 언급했다.

"그러니 말이지? 아릿사는 부정행위가 저질러졌다는 걸 알고 있었다고 생각해. 그리고 그 부정행위가 그 부부장 씨를 지게 만들기 위한 것이 아니라, 자신을 노린 것이라는 사실 또한 눈치채고 있었던 게 아닐까~?"

노노아가 태연하게 그런 고찰을 내놓자, 아야노의 눈썹이 희미하게 흔들렸다. 하지만 노노아는 그런 아야노에게는 눈길도 주지 않으며, 혼잣말하듯 고찰을 이어갔다.

"만약 부부장 씨를 노리고 부정행위를 저지른다면, 투표함에서 피아노부의 흰색 공을 빼거나 자기만 경음악부에 공을 여러 개 투표할 수밖에 없잖아? 전자는 아릿사가 지켜보고 있으니 현실적이지 않고, 그렇다면 후자뿐이야. 하지만…… 그렇게 하면 재집계에서 부정행위를 한 게 판명되기는 해도, 범인은 찾을 수 없어. 왜냐하면, 범인에게는 물적 증거가 남지 않는걸. 그렇다면, 역시 일부러 부정행위를 밝혀내더라도 득 될 게 없지 않아? 오히려 부정행위를 허용한 것만 들키면서 결과적으로 마이너스가 될 거야."

거기까지 말한 노노아는 생각에 잠기듯 턱에 손을 대더니, 시선을 들어 올리며 말을 이었다.

"하지만, 처음부터 전부 알고 있었던 건 아니라고 생각해~. 부부장씨가 『부정행위다~』라고 외쳤을 때, 아릿사가 보인 반응은 연기 같지 않았어. 즉, 자기가 표적이란 것은 알고 있지만, 어떤 식으로 노려질지는 몰랐던 게 아닐까~."

그렇게 자기 고찰을 마친 노노아는 아야노를 향해 시선을 돌리더니, 마치 깜빡했다는 듯 다시 미소를 머금었다.

"아, 미안해. 혼자서 계속 떠들었네. 즉, 내가 하고 싶은 말이 뭐냐면……."

부자연스러울 만큼 밝고 친근한 미소를 머금은 노노아가 아야노에게 다가갔다. 그리고 숨결이 느껴질 만큼 가까운 거리에서, 아야노의 얼굴을 내려다보며 말했다.

"저기, 아야노노."

저는 처음부터 유키 님의
시녀였습니다.

나를 배신했지?

"그렇게 된 거랍니다."

바로 그때, 미닫이문이 열리는 소리와 함께 여성의 목소리가 들려오면서 교실의 불이 켜졌다.

갑자기 밝아진 실내에 들어온 이는 유키였다. 그 뒤를 이어 마사치카, 아리사 그리고 유쇼가 들어왔다.

"이거 참…… 쟁쟁한 분들이 한꺼번에 나타났네."

아야노가 유키의 옆에 선 후, 다섯 명은 노노아와 대치했다.

그들의 시선을 본 노노아는 자신의 계략이 전부 들통났다는 것을 눈치챘고…… 그런데도 이 상황을 환영한다는 듯, 진심으로 즐거워하며 웃었다.

■ 작가 후기

안녕하십니까, SUN SUN SUN입니다. 이번에 저는 독자 여러분께 사과드려야만 하는 일이 두 가지 있습니다. 우선 이 10권을 내는 데 시간이 너무 오래 걸린 점입니다. 도중에 비화가 나오기는 했습니다만, 9권 발매 후에 10권 발매까지 열 달이나 걸리고 말았습니다. 오랫동안 기다리게 해, 정말 송구합니다.

이어서 또 하나, 이미 본편을 읽으신 분이라면 눈치채셨겠지만…… 일전에 4.5권을 읽지 않더라도 5권 이후를 읽는 데 지장은 없다고 말했는데 그건 거짓말이라는 겁니다……! 죄송합니다. 이번 권에서는 4.5권의 내용이 가볍게 다뤄지고 있습니다. 구체적으로는 유키가 아랴와 마사치카를 체육 창고에 가둔 이야기입니다. 4.5권을 읽지 않아서 체육 창고 부분이 무슨 말인지 모르는 분께서는 4.5권에서 그런 이야기나 나왔다는 것만 알고 넘어가 주십시오. 이제 와서 4.5권을 사서 읽어보시더라도 문제 될 것이 전혀 없지만 말입니다. 정말이에요. 어쩌면 비화 관련으로도 같은 일이 벌어질지도 모르니, 비화를 읽지 않은 분 역시, 사서 읽어보시더라도 문제 될 것이 전혀 없지만 말입니다. 정말이에요.

자, 사과와 선전이 끝났으니, 다음은 대만에서 작년 10월에 개최된 사인회에 관한 이야기를 할까 합니다. 으음~ 이 후기를 쓸 시점에서는 일곱 달 전의 일이군요. 제 생각에도 타이밍을 놓쳤다 싶습니다만, 비화의 후기 페이지가 적었으니 어쩔 수가 없습니다. 저도 당시의 일을 떠올리며 쓰려고 하는데, 아무튼 대만 카도카와의 여러분께서 정말 후한 대접을 해주셨던 것을 똑똑히 기억하고 있습니다. 매끼 먹은 식사가 전부 맛있었습니다. 그리고 대만 카도카와의 스태프 여러분은 물론이고 호텔과 공항 스태프 여러분에게도 일본어가 꽤 통해서 깜짝 놀랐습니다. 그리고 언어에 관한 매우 재미있는 이야기가 있는데, 러시부끄의 캐릭터의 이름이 대만에서는 다르다는 점입니다. 생각해 보면 당연한 일입니다만…… 아랴와 마샤 같은 외국 캐릭터의 이름은 현지에서 번역될 때 비슷한 발음의 한자로 옮겨집니다. 그 결과, 아랴는 아이리, 마샤는 거의 변함없이 마샤(귀로 들어보면 약간 마챠처럼 들림)죠. 하지만 마사치카와 유키처럼 한자로 표기되는 이름은 같은 한자로 표기한 후에 현지의 발음으로 불립니다. 그 결과, 이름이 완전히 달라지죠. 처음에는 그것을 몰라서 사인회에 온 팬분에게 「어느 캐릭터를 좋아합니까?」라고 질문했다가 대답을 듣고「어? 누구?」했습니다. 그 후에 대만 카도카와의 스태프분에게「아랴는 대만에서 아이리인가요?」라고 질문했고, 이 이야기를 듣게 됐습니다.

그럼 시작하겠습니다! 대만에서의 각 캐릭터 이름! 우선, 유키! 유키의 이름은…… 요시(실제로는 요와 시 사이에 약간 텀이 있어서『요, 시』같은 느낌)입니다! 요시……요, 시…… 어? 왠지 녹색 공룡이…… 더는 말하면 안 될 것 같군요. 어험. 그럼 한꺼번에 쭉 가겠습니다. 아야노는 린나이, 노노아는 나이나이아, 사야카는 사예쟈, 치사키는 마오샤오, 스미레는 진, 에레나는 이리나이입니다. 으음~ 아무리 생각해 봐도 치사키의 대만 이름이 압도적으로 귀엽네요……. 개인적으로 나이나이아도 꽤 마음에 들지만요. 사야카는 꽤 원형이 남아 있는 느낌입니다. 그리고 우연히도, 에레나가 아야노의 진화형 같은…… 그리고 스미레는 뭐랄까, 아랍의 정령 느낌이 납니다. 뭐, 바이올렛은 대만에서도 아마 바이올렛일 거라고 생각하지만요. 어? 남성 캐릭터의 이름 말인가요? 아…… 마사치카는 춘친, 토우야는 톤예, 겐세이는 옌친이라고 합니다. 춘친……아, 응. 아무 말도 안 하렵니다. 현지에서 한자가 쓰이기에 들을 수 있었던, 매우 흥미로운 이야기였습니다. 끝.

그럼, 다음 이야기인 게임으로 넘어가겠습니다. 여러분, 러시부끄 게임을 아십니까? 러시부끄 첫, 그리고 현재 유일한 공식 스마트폰 퍼즐 게임입니다. 저는 플레이하고 있습니다. 시작하기 전에는 「자기가 원작을 맡은 스마트폰 게임에 돈을 쓰다니 말도 안 돼. 무과금으로 플레이해야지」라고 생각했습니다만, 그 결의는 첫날 무너졌습니다. 이제 와서는 「원작자인 만큼? 전 캐릭터를 모으는 건 의무 아닐까? 괜찮아, 괜찮아. 내가 아무리 과금해도 원작 사용료란 형태로 결국 나한테 돌아오게 되어 있어. 그래. 이 과금은 실질적 무료야. 무료라고. 음, 이제 아무것도 안 무섭네」라며 매일 즐겁게 플레이하고 있습니다. 즐겁게 플레이하고 있거든요……? 역시, 오늘도 재미있네! 이게 바로 서른 넘어 어느 정도 돈을 가지게 되고 나서 처음으로 스마트폰 게임을 접한 인간의 모습이다! ……왠지, 대학생이 되고 나서 배우면 인생 망친다면서 초등학생 때 마작을 가르쳐 준 할아버지의 얼굴이 뇌리를 스치네? 혹시 스마트폰 게임도 자유롭게 쓸 수 있는 돈이 한정된 학생 시절에 접해야 과금에 대한 브레이크가 생기는 걸까, 라고 생각했습니다. 참고로 저처럼 모든 캐릭터를 다 모으려 하지만 않는다면, 무과금으로도 충분히 즐길 만하죠. 여러 헤어스타일, 여러 의상의 캐릭터가 잔뜩 등록되어 있으니 추천드립니다.

자, 이어서 올해 1월에 한 애니메이션 뒤풀이 파티에 관한 이야기를 할까 합니다. 호화로운 행사장에서, 애니메이션 스태프 여러분과 성우 여러분, 그 외 여러 관계자가 모여서 파티를 했습니다. 그리고 그 파티의 개최 인사를 누가 했을 것 같습니까? 그래요. 원작자인 제가 했습니다. 당연히 첫수는 정해져 있습니다. 러시아어로 인사한 후에「죄송합니다. 긴장한 나머지 러시아어가 튀어나왔습니다」입니다. 다들 상냥한 분이라 웃어주시더군요. 그 후에 무대 앞에 있던, 마사치카 역을 맡은 성우이신 아마사키 코헤이 씨에게「마사치카 같은 반응 부탁해요~!」라는 예리한 패스까지 날렸는데, 역시 나이스 가이인 아마사키 씨는 절묘하게 받아내서 분위기를 띄워주셨습니다. 제 안에서 아마사키 씨의 호감도는 천정부지로 상승하고 있습니다. 그 후에 애니메이션 제작 주요 스태프 여러분이 단상에서 인사를 하셨는데,「이렇게 많은 분이 정열을 불태우며 작업에 임해주신 건가……!」란 생각이 들어 가슴이 뜨거워졌습니다. 정말 애니메이션 러시부끄는 참 인복이 많은 행복한 작품이라고 생각합니다. 그다음에는 성우분들이 단상에 서서 인사를 했는데, 그 인사가 시작되는 타이밍에 유키 역의 마루오카 와카나 씨(아마 일하고 오신 듯)가 행사장 입구에서「안 늦었어……!」라고 말하며 쪼르르 뛰어오셨고, 그 모습이 너무 유키 느낌이라 만화판 담당이신 테나마치 선생님과 함께 무심코「유키다……!」라고 말했습니다. 그 마루오카 와카나 씨가 단상에서 한 충격적인 콜&리

스폰스는 만화 7권에 실린 테나마치 선생님의 후기를 참고해 주십시오.

그 후, 우에사카 스미레 씨와 아마사키 씨가 사회자를 맡으면서, 추첨회가 시작됐습니다. 입장하면서 추첨 번호가 적힌 종이를 한 장씩 받았고, 우에사카 씨와 아마사키 씨가 뽑은 번호가 적힌 종이를 가진 사람에게 경품을 주는 기획이죠. 이 추첨회(정확히는 이 뒤풀이 파티 자체)가 스태프의 노고를 치하하는 것이 주된 목적이었기에 각계각층으로부터 경품이 제공되었고, 저 또한 원작자로서 경품을 제공했습니다. 그리고 추첨회 중에 라멘 4종 비교 세트라는 경품이 333번에게 주어졌습니다. 이때는 행사장 안이 술렁였는데, 유감스럽게도 당첨자가 나서지 않았습니다. 아마사키 씨가 「선생님은 몇 번인가요?!」라고 물었는데, 유감스럽게도 저는 333번이 아니라서 솔직히 「91번입니다」라고 대답했습니다. 하지만 그 후에도 당첨자가 나오지 않았기에(아마 먼저 돌아간 듯?), 「그러면 이것은 선생님께!」가 되어서 제가 라멘 세트를 받게 됐습니다. 마음속으로 「내가 받아도 돼?」라고 생각했습니다만, 고급 상품이 아니니 괜찮을 거라 여기며 감사히 받았습니다. 정말 맛있었습니다. 그리고 나중에 제가 제공한 경품이 나왔고, 행사장 스태프 측에서 「이것은 선생님께서 증정해 주시지 않겠습니까?」라고 했기에 경품을 들고 단상으로 향했습니다. 그랬더니 91번이 나오더군요. 이번에는 「내가 받아도 돼?!」라고 소리 내서 말했습니다. 300번 이상 있는데, 제 경품을 제가 받은 건 그야말로 기적이 아닐까요. 결국 제가 제비를 다시 뽑아서 다른 분에게 드렸습니다. 나중에 남자 성우 여러분이 91번과 333번 종이를 「왠지 재수가 좋을 것 같아」라고 말하며 사진을 찍는다고 하는 재미있는 광경이 펼쳐졌습니다. 다들 참 사이가 좋아 보였습니다. 일단 저도 사진을 찍어뒀습니다.

아직 할 이야기가 많으나 페이지가 얼마 안 남은 관계로 마무리에 들어가자면, 애니메이션 러시부끄 제작에 관여해 주신 여러분의 정열과 사랑이 느껴지는 멋진 자리였습니다. 이 자리를 빌려, 애니메이션 러시부끄 1기 제작에 관여해 주신 관계자 여러분께 진심으로 감사드립니다. 그러면 감사 인사 파트로 넘어가겠습니다. 지난 권인 비화에 이어서 이번에도 편집을 담당해 주신 스즈키 님. 저의 느려터진 원고 진행을 전력으로 서포트해 주셔서 정말 감사드립니다. 다음으로, 이번에도 저의 세세한 주문에 완벽 그 이상의 일러스트로 부응해 주신 모모코 선생님. 항상 감사드리고 있습니다. 이어서, 원작 및 애니와 다른 매력을 그려내 주시는 만화판의 테나마치 선생님. 애니메이션 뒤풀이 파티에서는 감사했습니다. 앞으로도 잘 부탁드립니다. 마지막으로, 평소 신세를 지고 있는 담당 편집자 미야카와 님, 굿즈 안건 관련 감수 담당이신 카토 님, 그 외에도 러시부끄 제작에 관여해 주시는 모든 분과 러시부끄를 읽어주신 모든 독자 여러분에게 이치마저 초월할 정도의 감사를 드립니다. 정말 고맙습니다! 다음 권의 후기에서 또 뵙겠습니다!

안녕하세요!
채택되지 않은 표지
배경입니다.(차이점을
눈치챌 수 있을까…?)
이번
#러시부끄도
잘 부탁
드립니다
momoco

■ 역자 후기

안녕하십니까. 근로청년 번역가 이승원입니다.

이번에 『가끔씩 툭하고 러시아어로 부끄러워하는 옆자리의 아랴 양』 10권을 구매해 주셔서 진심으로 감사드립니다.

오랜만에 벌목을 했습니다. ……네. 진짜로 벌목입니다. 대추나무가 너무 커서 전봇대 케이블을 누를 지경인데, 구청에 연락해 보니 집주인이 처리해야 한다더군요. 결국 건물 2층 높이의 대추나무를 두 그루나 벌목했습니다.ㅠㅜ

원래는 전기톱을 빌려서 혼자 어찌해보려고 했는데, 전기톱을 가지고 있다는 악우의 지인분(이쪽 전문가)께서 나무 사진을 보더니…… 저를 극구 말리시더군요. 그제야 뭔가 잘못되어가고 있다는 느낌을 받아서 도움을 청했고, 결국 그분이 트럭 및 장비를 다 가져오셔서 뚝딱뚝딱 해주셨습니다. ……저요? 악우랑 같이 옆에서 열심히 잡일만 했습니다, AHAHA.

혼자 했으면 며칠 걸려도 못 했을 텐데, 전문가께서 나서주신 덕분에 빠르게 클리어! 오랜만에 몸 쓰는 일을 하니,

몸은 고됐지만 왠지 힐링이 되는 느낌을 받았습니다.^^

그럼 『가끔씩 툭하고 러시아어로 부끄러워하는 옆자리의 아랴 양』 10권에 관한 이야기를 좀 해볼까 합니다.

스포일러가 포함되어 있을 수도 있으니, 본편을 안 읽으신 분은 유의해 주시길!

『가끔씩 툭하고 러시아어로 부끄러워하는 옆자리의 아랴 양』 10권은 악마(^^)의 암약을 그리고 있었습니다.

전체적으로는 평소의 러시부끄처럼 우당탕탕&왁자지껄 러브 코미디입니다만, 그 이면에서 그려지는 노노아의 암약이 정말 무시무시했습니다.

전부터 아야노에게 접근하면서 기회를 엿보고 있던 노노아가, 마사치카와 아리사를 파멸시키려고 함정을 파는 내용이 이번 10권의 메인 스토리였습니다.

유키의 최측근인 아야노에게 같은 편인 척 접근해서 자기 장기말로 만들려 하고, 그녀의 마음을 이용해 은밀히 자기 계획에 동참하게 만들었으며, 최종적으로는 자신의 쾌락을 위해 자신의 가까운 이들을 파멸시키려 하는 노노아. 그녀의 이런 무시무시한 면은 전부터 그려졌습니다만, 이번 권에서 본격적으로 아군을 표적으로 삼으며 흉계를 꾸밉니다. 그것도 자신이 직접 나서는 게 아니라 자신의 광신도와 꼭두각시를 이용해서 말이죠.

물밑에서 차근차근 진행되고 있는 흉계 탓에 10권은 처음부터 끝까지 한시도 마음을 놓을 수 없었습니다. 노노아가 꾸미는 흉계의 전모, 그리고 그녀의 표적이 된 마사치카와 아리사의 활약을 독자 여러분께서 재미있게 즐기셨길 빕니다!

그럼 이만 줄이겠습니다.

L노벨 편집부 여러분, 언제나 재미있는 작품을 맡겨주셔서 감사합니다. AGF, 정말 수고많으셨습니다!

무료 통화 다 떨어졌다고 전화하지 않는 악우여. 그냥 나한테 전화해서 부재중 남기고 끊어. 내가 전화할게. 나, 이래 봬도 통화 무제한이야.^^

마지막으로 항상 제 버팀목이 되어주시는 어머니와 『가끔씩 툭하고 러시아어로 부끄러워하는 옆자리의 아랴 양』을 읽어주신 모든 분께 진심으로 감사드립니다.

표지부터 충격 그 자체인(좋은 의미에서?) 『가끔씩 툭하고 러시아어로 부끄러워하는 옆자리의 아랴 양』 11권 역자 후기 코너에서 다시 뵙겠습니다!

2025년 12월 초

역자 이승원 올림

가끔씩 툭하고 러시아어로 부끄러워하는 옆자리의 아랴 양 10

초판 1쇄 발행 2026년 1월 10일

지은이_ Sunsunsun
일러스트_ Momoco
옮긴이_ 이승원

발행인_ 최원영
본부장_ 장혜경
편집장_ 김승신
편집진행_ 권세라 · 최혁수 · 김경민 · 최정민
편집디자인_ 양우연
국제업무_ 박진해 · 조은지 · 박지현
관리 · 영업_ 김민원 · 조은걸

펴낸곳_ (주)디앤씨미디어
등록_ 2002년 4월 25일 제20-260호
주소_ 서울시 구로구 디지털로 32길 30, 코오롱디지털타워빌란트 1301-1308호
전화_ 02-333-2513(대표)
팩시밀리_ 02-333-2514
이메일_ lnovellove@naver.com
L노벨 공식 카페_ http://cafe.naver.com/lnovel11

ISBN 979-11-278-8589-2 04830
ISBN 979-11-278-6439-2 (세트)

값 8,500원

*잘못된 책은 구매처에 문의하십시오.

L NOVEL

일반공격이 전체공격에 2회 공격인 엄마는 좋아하세요? 1~11권

이나카 다치마 지음 | 이이다 포치. 일러스트 | 이승원 옮김

"이제부터 이 엄마와 함께 실컷 모험을 하는 거야.", "맙소사…….”
고교생 오오스키 마사토는 그렇게 염원하던 게임세계로 전송되지만,
어찌된 영문인지 그의 어머니이자
아들이라면 껌뻑 죽는 마마코도 따라오는데?!
길드에서는 「아들의 연인이 될지도 모르는 애들이니까」라는 이유로
마사토가 고른 동료들에게 면접을 실시하고,
어두운 동굴에서는 반짝반짝 빛나는데다,
무릎베개로 몬스터를 재우는 걸로 모자라,
전체공격에 2회 공격인 성검으로 무쌍을 찍는 등
아들인 마사토가 질릴 정도로 대활약을 하는데?!
현자인데도 유감스런 미소녀 와이즈,
치유계 여행 상인인 포타를 동료로 맞이한 그들이 구하려는 것은
위기에 처한 세계가 아니라 부모자식간의 정.

제29회 판타지아 대상 〈대상〉 수상작인
신감각 모친 동반 모험 코미디!

라이트노벨의 새로운 빛! L노벨의 신간은 매월 10일에 발매됩니다. http://cafe.naver.com/lnovel11